낮은 곳으로 임하소서

# 낮은 곳으로 임하소서

이서영

*

# 차례

✴

✴

＊

　슬은 보지 아래에 휴지를 갖다 댔다. 손끝에 물컹하고 진득한 촉감이 여지없이 느껴졌다. 그럼 그렇지. 휴지에 묻어난 변함없는 모양을 확인하는 데엔 언제나 불쾌감과 기대감이 함께 있었다. 오늘도 늘 익숙하게 봐오던 희뿌연 점액질의 냉이 휴지 위에 어김없이 자리 잡고 있었다. 시큼한 냄새. 슬은 휴지를 접어서 그대로 변기에 떨어뜨렸다.

　냉증이 문제가 된다는 걸 안 건 스무 살 무렵이었다. 그때 냉증에 대해서 말했던 이는 슬의 첫 연인이었다. 그는 자기가 안에 사정한 줄 알고 놀랐다며 킬

＊

킬 웃었다. 그는 자지에 묻은 냉을 이리저리 닦아낸 휴지를 슬의 코앞에 불쑥 가져다 댔다. 시큼한 냄새가 확 올라왔고 슬은 깜짝 놀라 그의 손을 뿌리쳤다. 그는 이번엔 자기 코에다 휴지를 가져다 대고 빙글빙글 웃었다.

냉증에 예민해진 게 그 연애 때문인지 아닌지는 알 수 없었지만 그 연애에서 냉증이 슬을 괴롭힌 요소인 건 분명했다. 그는 슬의 냉증을 좋아하는 것처럼 보일 때도 있었다. 슬의 몸속에서 희뿌연 액체를 발견하고 즐거워하며 손가락으로 만지작거리다가 핥아먹기도 했고 그걸 보면 흥분된다고 하기도 했으니까. 때론 남의 정액처럼 보여서 걸레 같다고 웃기도 했다. 크림 파스타를 먹으러 가서 네 보지 같다고 말했을 때 슬의 마음은 내려앉았다. 슬의 표정이 어떻건 그는 계속 그 농담을 하며 파스타를 휘적거렸다.

그와 헤어진 건 그런 기분 나쁜 농담 때문은 아니었다. 그냥 헤어질 때가 되어서 헤어졌다. 좋은 추억들이 없진 않았을 텐데 그를 떠올리면 슬은 아랫배가 괜히 아파지는 기분이었다.

준규는 많이 다른 사람이었다. 서너 번의 연애 끝에 슬은 바로 그 이유 때문에 준규를 선택했다. 준규는 슬의 몸과 마음에 대해서 함부로 얘기하지 않았다. 살짝 처진 준규의 눈꼬리는 늘 웃는 것 같았다. 심하게 싸워서 서로 눈물 보인 적도 있긴 하지만 그런 순간에도 언성 한 번 높인 적이 없었다. 슬의 보지 얘기를 할 때도 조근조근 나지막하게 말했다.

"혹시 몸이 안 좋은 건 아닌가 걱정이 되어서. 냄새도 좀… 나는 것 같고."

냄새도 좀 나는 것 같다니. 준규의 변함없는 상냥한 말투가 처연할 정도였다. 슬은 무릎만 굽혀도 자신의 보지에서 나는 냄새를 맡을 수 있었다. 우울했다. 혹시 불쾌하게 듣지 말아 달라, 그래서 싫다거나 나쁘다는 건 아니다, 말 앞에 온갖 스펀지를 깔아두고 나온 말이었어도 슬은 우울했다. 우울한 내색을 보이기도 어려웠다. 우울함보다 쪽팔림이 조금 더 앞섰고 조심스럽게 말을 꺼내온 준규의 노력을 무시하기도 싫었다. 표정이 굳는 걸 보자마자 준규는 안절부절, 자기가 같이 병원에 가겠다며 말을 더듬었다.

✳

"아니야, 나 어릴 때부터 좀 심했어. 무슨 말인지 알겠어."

슬은 아무렇지 않게 웃으며 준규의 머리를 쓰다듬 었다. 준규의 침대 위 이불은 산뜻하고 뽀송했기에 슬은 괜히 불안해서 서둘러 팬티를 주워 입었다. 그 날 밤에 집에 돌아가자마자 질정제를 주문했다.

어릴 때는 대체 언제부터일까. 당연히 슬도 네다섯 살 때부터 이런 물컹한 느낌을 익숙하게 받아들인 건 아니었다. 아침에 일어나서 팬티가 매끈했던 적도 분 명 있었다. 매끈한 팬티를 바라보며 오줌을 싸던 꼬 마 시절의 기억들.

열세 살 때 팬티에 묻어 나온 첫 생리는 끈적끈적 한 갈색이었고 해조류 같은 냄새가 났다. 첫 생리 때 부터 냉이 시작되진 않았었겠지. 그러면 중학생 때 아니면 고등학생 때? 고등학생 때는 생리통이 너무 심했다. 슬은 생리 중에는 거의 오전 내내 양호실에 누워 있어야 했다. 처음엔 걱정스럽게 말하던 양호 선생은 세 달째부터 어떻게 넌 생리 때마다 아플 수 가 있냐고 꾀병 부리는 사람 취급을 했다. 양호 선생이 너무 꼴 보기가 싫어서 슬은 억지로 참으며 오전을 버틴 적도 있었다. 도저히 참을 수 없어 울다가 책상 위에서 잠이 드는 날이면 대체 뭐라고 이런 고통을 견디고 있어야 하나 억울하고 분했다. 쉬는 시간마다 친구들이 괜찮냐고 등을 두드렸지만 쓰다듬는 손길은 진통제가 되진 않았다. 친구들은 진통제에 내성이 생긴다며 먹어선 안 된다고 난리를 쳤다.

"다 널 생각해서 그러는 거야."

'내성'이라는 말을 배워서 어른인 척하고 싶던 고등학생들의 마음을 이해 못 하는 바는 아니지만, 덕분에 질릴 대로 질려버린 슬은 이제 생리 시작하기 하루 전부터 진통제를 먹는다. 한 달에 한 번씩 눈물 바람을 치르니 엄마는 슬을 데리고 한의원에 갔다. 한약을 먹은 첫 달, 신기할 정도로 생리통이 없었다. 친구들에게 자랑하기가 무섭게 엄마는 한 달 만에 약을 끊었다. 너무 비싸다고 했다. 약을 끊자 귀신처럼 생리통이 돌아왔다.

역시 생리통과 연관이 있는 거겠지. 부인과 질환이라는 게 다 그렇잖아. 하지만 어떻게 연관이 있는지까지는 알 수 없었다. 병원에 가도 알 수 없는 건 마찬가지였다. 질염이 있는 것도 아니었고 성병도 없었다.

"그냥 냉이 좀 심하시네요."

그 냉이 좀 심한 걸 어떻게든 하고 싶어서 왔는데 그냥 냉이 좀 심하다는 얘기를 듣는 데에 초음파 비용 오만 원을 지불하고 산부인과를 나서는 길은 속이 쓰리고 짜증이 났다. 이렇게 머릿속에서 생각이 꼬리에 꼬리를 물고 이어지는 이유는 어제 질정제가 도착했기 때문이었다. 사실 밤에 넣고 자는 게 더 좋다고 듣긴 했는데 어젯밤엔 너무 취해 있었다.

결심을 하고 현관에 놓여 있던 택배 박스를 뜯었다. 질염에 걸린 건 아니라고 했는데 질정제가 효과가 있을까. 복잡한 생각들 사이에 분명한 건 하나였다. 슬은 이걸 넣는 걸 미루고 싶었다. 비싼 돈을 주고 사놓고서 그럴 수는 없지. 아침에 일어나기 싫을 때, 출근하기 싫을 때, 설거지하기 싫을 때 그러는 것처럼 슬은 빠른 손짓으로 포장을 제거했다.

길쭉한 삽입기와 약들이 나왔다. 누워서 다리를 구

부린 상태로 태아처럼 웅크리고 집어넣으라는 설명이 딸려 있었다. 질정을 넣은 다음에는 최소 십오 분 동안은 그 자리에 가만히 누워 있어야 한다고도 쓰여 있었다. 침대에 가서 할까 생각해봤지만 혹여 침대에 뭔가 흘러나오면 기분이 두 배는 더 나쁠 것 같았다. 슬은 화장실 문 앞에 누워서 팬티를 끌어 내렸다. 누운 채로 약을 꺼내서 삽입기 끝에 끼우고 더 미루지 못하도록 재빠르게 질 안으로 삽입기를 밀어 넣었다.

차가운 삽입기가 몸속으로 들어오자 여지없이 불쾌했다. 슬은 얼른 피스톤을 밀어 넣었다. 십오 분이라니. 휴대폰 시계를 보면서 가만히 누워 있는 시간 동안 슬은 몇 가지를 후회했다. 그냥 침대에서 할 걸, 넣기 전에 팩이라도 붙일 걸, 씻고 나서 넣을 걸. 차가운 바닥에 등을 대는 시간이 끝나자마자 슬은 얼른 몸을 일으켰다. 제일 좋은 건 한 시간 정도 누워 있는 거라지만 그럴 여유는 없었다. 내일부터는 꼭 씻고 질정제를 넣겠다고 머리를 감으면서 생각했다. 오늘은 중요한 미팅이 있는 날이었다.

슬에게 일이 맡겨졌다는 걸 알자마자 슬은 깜짝 놀

라서 상사에게 되물었다.

"정말로 거기 맞나요? 서울 한가운데 있는 '그' 백화점인가요?"

상사는 오히려 어이가 없다는 듯 되물었다.

"새세계 본점이 명동 말고 그럼 또 어디 있어? 이슬 팀장, 서울 지리가 기억이 안 나?"

아니라고, 당장 업체에 연락드리겠다고 슬은 손을 내저었다. 새세계 본점 건물 보수라니, 어디를 어떻게 보수하려는 건진 몰라도 기회였다. 이 정도 규모의 건물을 보수한다는 건 혹여 회사를 옮기게 된다고 해도 이력서에 세 줄은 쓸 수 있었다. 회사를 옮길 계획은 아직 없었지만 사람이란 축적하고 성장해야 하는 법이다.

장소가 어딘지 알자마자 의욕이 승천하는 용처럼 솟아오른 슬은 신이 나서 미팅 계획을 적극적으로 잡았다. 담당자 미팅을 하기 전부터 건물 내부의 문제 장소가 어딘지, 언제 확인할 수 있는지까지 미리 다 물어서 알아놓은 참이었다. 오늘은 담당자 미팅부터 문제 장소까지 한 번에 파악해서 수주를 바로 따낼 계획이었다. 명동까지 가는 버스 안에서 질정제 생각은 까마득히 멀리 사라졌다. 보지 냄새 같은 건 중요한 게 아니었다.

슬은 자신의 옷차림을 다시금 점검했다. 건설업체에서 일하면서 몇 가지 중요한 걸 알게 된 게 있다면 계약을 따낼 때는 정장이, 점검을 할 때는 작업복을 입는 게 더 프로페셔널하게 보인다는 것이었다. 그리고 어느 쪽이건 높은 구두를 신거나 짙게 화장을 하는 건 금물이었다. 그러고 있으면 자연스럽게 슬에게 커피 심부름을 시키는 사람이 나타나기 마련이었다. 말수는 줄이되 허리는 펴고, 편안하게 대하되 너무 자주 대답해선 안 된다. 믿음을 주는 표정과 말투, 정면을 바라보는 시선. 여러 번 해온 일이라고 생각했지만 새세계 백화점이라고 하니 자꾸만 입에 침이 말랐다.

이미 여러 번 본 서류지만 다시 한번 꺼냈다. 의뢰는 단순했다. 지하에서부터 1층까지 냄새가 난다는 내용이었다.

집에서 심한 냄새가 나는 건 당연히 견디기 힘들

다. 보통 집에서 악취가 올라오는 공간은 배수관이 있는 화장실이나 베란다이고, 편하게 쉬어야 할 공간에서 악취가 나면 그것만으로 심각한 스트레스를 받는다. 사무 공간에서도 악취가 심하면 사람들은 일을 할 의욕이 없어진다. 백화점은 어떤가. 아직 도면은 받아보지 못했지만 새세계 백화점 본관은 명품 매장이었다. 지하 1층은 시계, 1층은 부티크, 2층은 디자이너 컬렉션이다.

백화점은 오로지 '사게 해야' 하는 공간이다. 인간은 매료되어야 구매하고, 매료되려면 시간을 주어선 안 된다. 오로지 매료되게 하는 것에만 온 힘을 다 쏟아부어도 사지 않을 확률이 훨씬 높다. 공간에서 악취가 난다면 사람들은 상품에 매료되지 않는다. 제아무리 대단한 상품이라고 하더라도 그 공간이 상품을 완성하는 법이다.

편안하게 살게 하거나 일하게 하는 것보다 사도록 사람을 매료시키는 것이야말로 '일'이었다. 온갖 종류의 보수를 해보았지만 슬에게 기분 좋은 긴장감을 남기는 건 공간을 지나가는 인간의 마음을 홀리는 일이었다. 시간을 잊게 만드는, 다음 상품에 시선을 돌리게 만드는 공간은 이를테면 마법이었다.

새세계 백화점과 '악취'라니, 가장 어울리지 않는 단어가 아닌가. 연말을 맞아 온통 새하얗게 빛나는 백화점 외관을 바라보며 슬은 다부지게 고개를 흔들었다. 담당자에게 전화를 걸면서 한쪽 손으로 문을 밀었다. 오전 열 시 삼십 분, 유리문은 묵직하게 뒤로 밀려났다.

슬은 조금쯤 각오하고 있었다. 사람들이 얼굴을 찌푸리고 백화점에서 나온다거나 킁킁대며 상품 사이에서 집중하지 못하고 헤매는 상황을 예상했다. 외주 업체까지 찾아서 수리를 맡길 무렵엔 누구라도 맡을 수 있을 만큼 냄새가 진동하고 있기 마련이다. 빌라건 사무 공간이건 마찬가지였다. 금이 가 있다 싶으면 더 이상 견딜 수 없도록 금이 가 있고, 줄눈에 물때가 낀다 싶으면 색깔이 다 변하도록 끼어 있기 마련이었다. 어마어마하게 춥거나 어마어마하게 덥거나 눈앞에 닥치기 전까지는 웬만해서는 통째로 해결해줄 업체까지 찾으려고 들지 않는다. 백화점으로 들어서자마자 새하얀 조명이 눈을 때렸다.

사람들은 자연스럽게 백화점 안으로 밀려들어가 원래 그런 것처럼 자연스럽게 상품들 앞에 자리를 잡았다. 처음 온 자극이 코점막이 아니라 각막을 때렸다는 사실에 의아해하며 슬은 안을 둘러보았다. 백화점 안은 말끔했고 그 나름의 질서를 가지고 정신없이 돌아가고 있었다. 바닥의 틈새들을 살펴보았지만 곧바로 눈에 띄는 부분은 보이지 않았다. 백화점 내부에선 아무런 냄새도 나지 않았다. 다른 냄새에 덮여버린 것일 수도 있지만.

천장은 높았고 사람들은 분주했다. 신관과 다르게 본관은 확실하게 비싼 물건만 팔겠다고 작정한 모양새였다. 익숙한 브랜드들이 눈가를 빠르게 스치고 지나갔다. 작고 커다란 가방들, 물방울처럼 이어진 귀걸이들, 큼지막한 알들이 달린 목걸이와 베일을 씌운 모자들이 보였다. 형형색색에 압도된 가운데 냄새 같은 불순물은 끼어들 여지가 없었다.

멍하니 걷다가 슬은 한 공간으로 발길을 옮겼다. 냄새에 대한 생각은 그 공간과 접속했다. 여기에서 안 난다고 하더라도 거기에서 나면 끝장이다. 원래도 냄새가 날 거라고 여겨지는 공간이니까 상업 공간에서는 오히려 더 열심히 그 냄새를 지우려고 애를 쓰기 마련이다. 하물며 백화점 같은 공간이라면 말할 것도 없었다. 슬은 고개를 들어 표지판을 살폈다. 화장실은 직진해서 오른쪽이었다.

오밀조밀한 액세서리들을 지나서 커다란 간판을 끼고 돌았더니 하얀 조명이 쨍하니 떨어진 화장실이 나타났다. 화장실 앞쪽 바닥을 살폈다. 마찬가지로 특별한 문제는 보이지 않았다. 화장실 쪽 복도는 조용해서 슬의 구두 소리가 울렸다. 냄새는 높은 확률로 배관에서 난다. 배관이 있는 곳이 화장실에 한정되는 건 아니지만 화장실엔 틀림없이 배관이 있다. 화장실에서 냄새가 확실하게 난다면 어떻게 수리해야 할지는 가닥이 잡히는 셈이다.

여자 화장실 문을 열었다. 조명은 밝았고 화장실은 컸다. 한쪽 벽면을 꽉 채운 파우더 거울이 환한 조명을 반사하고 있었다. 슬은 아침에 누워서 질정제를 넣던 생각을 잠깐 했다. 등에 닿던 장판의 차가운 감

촉과 몸속으로 들어오던 차가운 피스톤의 환장할 콜라보레이션. 어두웠던 부엌 조명과 빨리 일어나야 한다고 조급해했던 마음까지.

'우리 집 거실보다 여기가 더 거실 같네.'

혹시나 해서 화장실 문도 한번 열어보았지만 역시나 별다른 차이는 없었다. 남자 화장실 쪽을 한번 쳐다보긴 했지만 거기까지 들어갈 건 아니었다. 슬의 목표는 담당자의 신뢰를 얻기 위해 파악할 수 있는 수준까지 미리 파악해두는 데에 있었다. 정 파악할 수 없으면 의뢰인한테 물어보면 될 일이었다.

그래도 의아했다. 1층까지 올라오는 게 문제라면 어디 한군데쯤은 냄새가 나는 곳이 있을 텐데. 코를 킁킁대고 있는데 전화가 걸려왔다. 약속 시간 십 분 전이었다.

"냄새가요, 나다가 말다가 하거든요? 무슨 말인지 아시겠죠?"

전혀 모르겠지만 그렇게 말할 순 없어서 슬은 가만히 입을 다물었다. 입을 다물고 있으면 좀 더 설명을 해줄 것 같았지만 의뢰인은 똑같은 말을 반복할 뿐이었다. 슬은 의뢰인에게 받은 명함을 내려다보았다. 김유림, 본점 관리1팀장. 적극적으로 수리를 해야 한다고 생각해서 부른 사람인지, 윗선에서 수리를 하라고 해서 부른 건지 확신할 수 없는 정도의 직급이다.

무슨 문제가 있는지 없는지도 모르면서 닥치는 대로 들쑤시고 뚫어서 나중에 돈을 더 많이 요구하는 건 슬이 좋아하는 방식이 아니었다. 건물에 문제가 있거나, 건물에 드나드는 사람이나 물품에 문제가 있거나, 도시 구획에 문제가 있거나. 건물 냄새의 이유는 아주 다양했다.

"새세계 정도면 미리 하자보수 계약한 업체 있지 않나요? 쭉 관리하는 데도 있을 거 같고요."

팀장의 얼굴이 갑자기 어두워졌다.

"그게⋯ 냄새가 난다고 했더니 검수를 하다가 갔어요."

"네?"

"갔다고요. 그냥⋯ 못 하겠대요. 검수를 하다가 갑자기 못 하겠다고 계약을 던졌다니까요. 그게 또 하필이면 재계약 시즌에 던져버린 거라 어떻게 하지

✳

도 못하고. 그래서 건건으로라도 좀 계약을 해보려고…."

"그냥 그렇게 던져도 돼요? 이유는 말을 해줘야죠."

"그러니까, 내 말이요. 근데 지금 거기만 그런 게 아니라…."

김 팀장의 목소리가 갑자기 우물쭈물 줄어들었다. 거기만 그런 게 아니라 다른 업체 하나도 던졌었다는 뜻이겠지.

"냄새가, 안 나던데요."

"네, 그러니까 냄새가 나다가 말다가 해요. 갑자기 확 나다가, 갑자기 안 나다가. 전에 업체는 검수하다가 이건 자기들이 해결 못 한다고 그러더라고요. 그때는 계약금도 주기 전이라 그냥 튀어버리는 걸 어떻게 할 수도 없고."

"제가… 혹시나 해서 조금 일찍 와서 봤어요. 1층 화장실도 보고 바닥도 봤는데 정말로 냄새가 없었어요. 어디서 특별히 냄새가 더 많이 난다거나 이런 거 있으면 거길 좀 더 중심적으로 보려고 하는데요."

*

김 팀장의 동공이 커졌다.

"그럼 맡아주시는 거예요?"

"우선은 검수를 해봐야 저희가 맡을 수 있는지 아닌지 알 수 있을 거 같고요. 견적도 그래봐야 뽑을 수가 있어서."

"네! 그럼요, 당연하죠! 꼭 좀 봐주세요. 오늘은 냄새가 안 났는데 내일은 또 날지도 모르거든요?"

"그러니까 어디에서 냄새가 난다고요?"

"나면 지하부터 1층까지 쫙 올라오고요. 안 날 땐 하나도 안 나고요."

설마하니 그럴 리가 있겠나.

"맡든 안 맡든 검수 비용은 지급해주셔야 해요."

하수 처리 시설은 접촉폭기였다. 도심 한가운데서 흔히 쓰는 방식이다. 물속에 공기를 집어넣어서 분해를 촉진하는 방법이었다. 탄산 가스가 빠른 시간 안에 줄어들어서 냄새가 빨리 사라진다. 그렇게 친환경적인 방식이라고 보긴 어렵지만 편리하고 도시적인 방식이었다. 어쨌든 냄새가 날 방식은 아니었다.

변동 사항은 2002년부터 기록되어 있었다. 2002

년 이후의 변동이란 정화조와 리모델링이 전부였다. 사무실에 앉아서 서류를 확인하다가 다시 김유림 팀장의 명함을 꺼내 들었다. 오래 계약한 업체가 있으면 어떤 서류를 챙겨줘야 하는지 잘 모르는 경우도 많지. 슬은 변동일 기록 위에 있는 사용승인일 기록을 만지작거렸다. 1930년 10월 24일. 리모델링 전에도 후에도 용량은 같았다. "1만 3,000인". 1930년이면 서울 인구가 사십만 명도 안 되었을 텐데 그 시절에 서울 인구의 삼 퍼센트가 넘는 인원을 수용할 수 있는 건물을 만들다니 지은 사람 포부도 대단하구만.

전화를 받은 김유림 팀장의 목소리가 변하는 게 느껴졌다. 어색하게 웃으면서 말소리가 느려졌다. 어색함을 숨기려는 기색조차 없었다. 어색해하고 있다는 걸 명백히 알아달라는 웃음소리였다.

"아유, 팀장님. 지금 검수하는데 옛날 서류가 왜 필요해요."

"이런 문제가 전에 있었는지 없었는지를 알면 문제를 파악하기 쉽잖아요."

"일단 먼저 조사해보시면 안 돼요?"

✳

"조사하느라 셔터 내리고 바닥 다 파헤치는 거 몇 달까지 괜찮은데요?"

"오래는 어렵죠…. 길어야 이 주?"

"이 주 안에 끝내려면 당연히 최대한 뭐가 문젠지는 파악하고 들어봐야 되는 거 아니에요? 제가 무슨 버튼 하나 누르면 어디에 뭐 있는지 찾아내고 해결하는 초능력자예요?"

그렇게 얘기한 다음에도 한참을 미적거리던 김 팀장은 네 시간이 지나서야 다시 연락을 해왔다.

"스캔은 안 된다고 하고요, 팩스도 안 된대요. 와서 보셔야 할 것 같은데요. 언제쯤 오실 수 있으세요?"

이 추운 날씨에 몇 번씩 사람을 오라 가라 하는데 미안한 기색도 없다고 투덜대며 슬은 사무실을 나섰다. 막상 거리에 나서 보니 하늘은 오랜만에 청량하게 맑았다. 겨울 하늘은 가을 하늘과는 또 다른 산뜻한 맛이 있다. 습기 따윈 하나도 없이 건조해서 햇빛도 얼음장처럼 깨끗했다. 버스 정류장까지 걸어가는 길에 종소리가 섞인 음악이 들려왔다. 겨울다운 소리들이었다. 버스 정류장 바로 뒤편의 붕어빵 노점에서 틀어놓은 캐롤 메들리를 들으며 슬은 몸을 한껏 웅크렸다 폈다. 이렇게 건조해서야 화이트 크리스마스는 될 리가 없을 듯했다. 이번 겨울에도 차를 못 샀네, 생각하다가 슬은 고개를 갸웃했다.

'왜 주차장을 안 만들었지?'

새세계 백화점 신관에는 지하 6층까지 주차장이 있었다. 하지만 본관에는 오직 승용차 두 대 놓을 자리가 옥내에 있을 뿐이었다. 리모델링을 할 때도 주차장을 새로 짓진 않았다. 지하에 주차장이 없는 대형 백화점이라니 생각도 해본 적이 없다. 신관에 도착할 때까지 슬은 자신이 알고 있는 모든 백화점들을 다시 꼽아보고 있었다.

신관 사무실에서 김유림 팀장은 절대 복사도 사진도 찍어선 안 된다는 전제로 몇 가지 서류를 꺼내왔다. 그중에는 잘못 만졌다간 부서질까 봐 걱정되는 종이도 있었다. 종이의 작성 연도는 무려 팔십사 년 전이었다. 슬은 손끝으로 조심스럽게 종이를 잡고 글씨를 빠르게 훑어내렸다. 팔십사 년 전 종이답게 알아볼 수 없는 한자가 가득했고 슬은 느릿느릿 위에서

부터 한자를 읽어 내려갔다.

김유림 팀장은 종이컵에 녹차 티백을 하나 넣어서 가지고 오더니만 잠깐 화장실에 갔다 오겠다면서 자리에서 일어났다. 종종걸음을 치는 걸 보니 어지간히 급했던 모양이었다. 김유림 팀장이 사무실 밖으로 나가자마자 슬은 휴대폰을 꺼냈다. 수리하러 왔다가 이게 무슨 미션 임파서블인지.

김유림 팀장은 돌아오자마자 아차 싶었는지 얼른 문서들을 챙겼다.

"내용은 좀 찾으셨어요?"

"네, 그때도 냄새가 올라온 적이 있었다고 하네요. 취미가 심해서 상면을 두껍게 하는 공사를 했다고."

"취미요?"

"냄새요."

"아, 그럼 그때는 바닥 공사를 한 거네요?"

"네."

"그럼 이번에도 그렇게 해주시면 되겠다."

웃으면서 사이좋게 김 팀장과 헤어지고 사무실로 돌아오자마자 슬은 가져온 사진을 화면에 띄웠다. 저

✴

렇게까지 건축 문서를 기밀로 다루는 경우는 사람이 죽었다거나, 돈 문제가 석연치 않다거나, 아래에 비자금이라도 숨겨놓았을 경우밖에 없지 않을까. 아무튼 굴지의 대기업에서 비밀스러운 비자금이라도 찾아내는 건 아닐지. 그러면 수주고 뭐고 언론에 제보를 해야 하는 거 아니야? 그런데 일제 시대 비자금이 남아 있을 리가 없잖아. 그럼 설마 금괴 같은 걸까? 슬은 명탐정이 된 기분으로 한자를 하나하나 짚어가며 읽어 내려갔다.

짧은 한자 실력으로 대충 때려 맞췄지만 아까 김 팀장에게 한 설명은 정답이었다.

"올라오는 臭味가 심하여 床面을 厚하게 하는 工事를 試行."

악취가 심해서 바닥을 두껍게 만들었다는 소리다.

"인부 金개봉이 바닥을 들어내고 들어가 보았으나, 나오고 나서 들어가지 말 것을 간곡히 권유."

"金개봉을 따라 바닥 안쪽을 들여다 본 中本는 그 자리에서 発作을 하여 세부란스(舊濟衆院)로 移送."

서류의 마지막까지 읽어도 바닥 아래에 뭐가 있는

✳

지는 알 수가 없었다. 마지막 문장에 작게 갈겨쓴 메모가 보였다. 앞은 쭉 세필의 붓으로 쓴 생김새였는데 여기에선 갑자기 철필에 가까운 잉크 자국이 보였다. 덧붙여진 메모는 급하게 쓴 듯, 줄도 제대로 맞추지 않은 작은 글씨였다.

"개봉이는 그날 이후로 사흘을 앓다가 끝내 실성하였다. 牝汚災, 牝汚災."

더러울 오자와 재앙 재자는 쉽게 읽을 수 있었지만 앞 글자는 생전 처음 보는 글자였다. 슬은 인터넷 자전을 열고 마우스로 삐뚤빼뚤 글자를 따라 그렸다. 암컷 빈이었다. 빈오재. 뭔진 모르겠지만 여하간 바닥을 따보지 않으면 알 수 없다는 소리였다.

바닥을 따야겠다는 슬의 말에 김 팀장은 난색을 표했다.

"바닥 따는 건 절대 안 된대요. 그거 말고 다른 쪽으로 해주세요."

"냄새가 바닥에서 나는데 바닥을 안 따고 어떻게 알아요."

"더 두껍게 했다면서요, 옛날에는. 더 두껍게 안 돼

요?"

"두껍게 하려고 해도 지금 위에 있는 대리석은 따고 그 위에다가 얹어야 될 거 아녜요."

"잠시만요, 제가 메일로 말씀드릴게요."

세 시간 정도 후에 김 팀장의 메일이 도착했다. 대리석만 제거하고 그 아래로 내려가선 안 된다는 거였다. 계약서에도 그 아래로 내려가선 안 된다는 조항이 붙어 있었고, 따로 보낸 과업지시서에도 또 그 조항이 붙어 있었고, 내려가지 않을 것이며 혹여 더 내려가서 문제가 발생했을 때는 잔금을 지급하지 않으며 손해 배상도 해야 한다는 각서까지 문서로 딸려왔다. 정말로 아래에 금괴라도 있는 건가 싶었지만 슬은 그냥 넘어가기로 했다. 아래에 뭐가 있건 그게 슬한테 뭐가 그리 중요하겠나. 다만 아래를 따지 않고도 냄새를 막을 수 있는 소재가 필요할 텐데 그런 게 뭐가 있을지 감이 잡히질 않았다.

계약 조건에 수긍하자 지하 1층을 재탐색하겠다는 요청은 쉽게 받아들여졌다. 가능하면 손님들이 없을 때 둘러보고 싶었는데 내일 중요한 손님이 방문하기

30
✳

로 되어 있는 관계로 방범 장치 문제가 복잡하니 우선 간단하게만 보고 나오라는 조건이 붙어 있었다. 자세한 건 나중에 공사 시작하고 나서 치수 재면서 확인하는 수밖에 없겠네.

계약 때문에 오가는 며칠 동안 단 한 번도 냄새가 난 적이 없다는 게 슬에겐 너무 마음에 걸리는 일이었다. 대리석 뜯어내고 다른 소재로 그냥 덧붙이는 거 자체는 어려운 문제도 아니었다. 그러고 나면 돈도 생기고 이력도 생기지만 냄새가 나지 않으리라는 보장이 없었다. 공사를 한다는 건 본질적인 문제를 해결하고 싶어서 하는 거지 임시방편으로 메우고 싶은 게 아닐 텐데. 임시방편으로 메우자고 생각하면 다른 방법이야 얼마든지 있었다.

공사라는 일의 가장 큰 매력은 근본적인 문제를 뜯어고친다는 점이다. 어릴 때 생리통으로 고생을 할 때면 슬은 책상에 엎드려서 가만히 상상을 했다. 자궁을 뜯어내서 반으로 가르고 햇볕에 뽀송하게 말리는, 혹시 열어서 안에 무슨 혹이라도 있다면 정성껏 하나씩 터뜨리고 잘라내고 약을 바르는, 햇볕에 산뜻하게 마른 자궁을 다시 잘 꿰매서 몸 안에 집어넣는 상상을 하고 나면 어쩐지 배가 덜 아픈 느낌도 들었다. 물론 그런 일은 있을 수 없다.

하지만 공사는 다르다. 냄새가 나는 곳엔 다 그럴 법한 이유가 있다. 배관이 녹슬어서 망가졌을 수도 있고, 벽이 썩어 있을 수도 있고, 정화조에 비둘기 시체가 들어 있을 수도 있다. 그런데 그 많은 문제들을 하나도 검토하지 않고 그냥 위에만 뜯었다가 더 두꺼운 걸로 덮어달라니. 슬은 어쩐지 사기를 치는 기분이었다. 그때, 발아래에서 찰박 소리가 났다.

찰박? 날 리가 없는 소리였다. 대리석으로 된 백화점 구석에서 찰박?

생각지도 못한 어두운 코너를 돌아 구석이었다. 발아래에 묻은 점액질의 투명한 액체는 손바닥보다 약간 작은 면적이었다. 위, 아래, 옆, 어디를 보아도 액체가 나올 구석이 없는 걸로 봐선 바닥에서 새어 나온 게 틀림없었다. 바로 여기였다. 슬은 급하게 주변의 위치를 파악하고 사진을 찍고 메모를 했다. 들어낼 때는 여기를 중심으로 들어내면 아래로 깊이 들어가지 않아도 문제를 해결할 수 있을지도 몰랐다.

코너 안쪽으로 더 들어가려고 하니 유니폼을 입은 직원이 나오다가 깜짝 놀라서 종종걸음으로 달려왔다.

"손님, 무슨 일이세요?"

"네? 아… 안쪽으로 들어가면 안 되나요?"

"아니요, 아니요. 안쪽은 그냥 직원용 화장실입니다. 고객용 화장실은 맞은편이에요."

화장실이 고객용·직원용이 따로 있다니. 그러고 보니 백화점에 갔을 때 직원들이 같이 화장실에 있었던 적은 한 번도 없긴 했다. 직원의 등 너머로 어두운 안쪽을 들여다보았다. 환한 불빛도 없고 화장실이라는 표시도 없었다. 들어가면 불은 켤 수 있긴 한 건가. 화장실이라는 말을 듣는 순간 갑작스레 요의가 밀려왔다. 슬은 이 요의가 진짜 요의가 아니라는 걸 직감했다. 하지만 그렇다고 화장실에 가지 않을 수도 없는 노릇이었다. 화장실 쪽으로 들어가려는 슬을 직원이 막아섰다.

"고객님, 직원용 화장실은 직원 전용이에요. 고객

용 화장실은 맞은편에 있다니까요?"

자신은 백화점 수리를 맡았다고 말을 하려다가 직원의 이름표를 보고 슬은 그냥 입을 다물었다. 이름표 옆에는 '협력사원'이라는 글씨가 붙어 있었다. 본사 직원도 아니고 협력사원한테 냄새나 수리 같은 이야기를 괜히 했다가 일이 더 커지면 곤란했다. 협력직원이야 백화점에 문제 생긴다고 같이 책임질 것도 아닌데. 슬은 알겠다고 대답한 후 잰걸음으로 맞은편 고객용 화장실을 향했다.

집보다 깨끗한 바닥, 환한 조명 아래 슬은 황급히 변기 뚜껑을 올렸다. 비데 같은 장치가 되어 있는 모양인지 엉덩이가 따뜻했다. 닫힌 문에는 "아름다운 사람은 앉은 자리도 아름답습니다"라는 예의 흔한 문구가 쓰여 있었다. 쓰레기통은 특별히 보이지 않았고 생리대를 수거하는 함만 있었다. 작은 소리를 내며 또르르, 오줌이 흘러내렸다. 온몸의 힘을 요도로 집중해서 다시 한번 아랫배에 힘을 주었다. 더 가느다랗게 또르르, 한 번 더 소리가 들렸다. 그리고 동시에 요도에서 찌릿한 통증이 올라왔다. 슬은 고개를 푹

34

✳

숙이고 고통을 감내했다.

또 방광염이었다. 이 일 때문에 집중하고 신경을 좀 썼더니만 귀신같이 몸이 알아챈 모양이었다. 옛날부터 늘 이 모양이었다. 수능을 치던 날도 방광염 때문에 화장실에 몇 번을 갔는지. 나중에는 생리대를 꺼내서 하고는 웬만큼 괴롭기 전까지는 버텨보기도 했다. 여러모로 지리멸렬한 병이었다. 당장이라도 방광이 터질 것 같아서 황급하게 화장실을 찾아가면 나오는 오줌은 기가 막히게 조금이었다. 이 정도 양으로는 소변 검사도 할 수 없을 만큼의 오줌이 흐르고는 오줌발 끝에 지독한 통증이 밀려왔다. 오줌을 쌀수도 없고, 싸지 않을 수도 없다.

참다 못해 언젠가 방광염에 대해 검색하고 나서 슬은 이게 '여자들만 흔히 걸리는 병'이라는 걸 알게 되었다. 요도가 짧고 성기가 안쪽으로 붙어 있어서 방광까지 염증이 쉽게 번진다는 것이었다. 변기에 앉아서 고통을 참을 때마다 이런 고통에 대해서 전혀 알지 못하는 사람들이 있다는 사실이 괜히 분하고 억울했다.

아픈 요도가 잦아들 때까지 멍하니 닫힌 문을 바라보며 오줌 냄새와 함께 익숙한 비린 냄새가 코끝에 닿는 걸 느꼈다. 아직도 슬은 무릎을 굽힐 때마다 익숙한 보지 냄새를 맡아야만 했다. 질정제를 넣은 지도 벌써 사흘은 지났는데 효과가 빨리 나타나는 건 아닌가 봐. 적은 돈도 아니었는데.

질정제를 넣은 이후 아직 준규를 만난 일은 없었다. 카톡으로 새 일을 맡게 될 것 같다고는 말했지만 무슨 일인지는 설명한 적이 없다. 이왕이면 만나서 얘기하고 싶은데 일도 바쁘고 준규도 피곤한 것 같아서 굳이 만나자고 먼저 말을 하진 못했다. 곧 연말이니까 크리스마스 앞두고 데이트를 하게 될 거고 그때쯤 얘기해야지. 이 커다란 건물을 맡았다고 얘기할 생각을 하니 괜히 어깨가 으쓱해졌다.

휴지를 꺼내서 밑을 닦으니 노란 오줌과 함께 약간의 피가 섞여 나왔다. 생김새만 봐도 명백히 생리혈이 아니었다. 경험상 피가 섞여 나오는 방광염은 그렇지 않은 경우보다 훨씬 더 오래가는 경향이 있었다. 슬은 한숨을 깊게 내쉬고 옷을 추켜올렸다. 화장실에서 나오는 길에 김 팀장에게 전화를 걸었다.

"계약 조건만 지키면 다른 건 괜찮죠?"

"네? 네…. 뭐 하시려고요?"

"배수관 좀 보려고요."

"배수관, 지하에 매설되어 있는 것들 있는데…."

"아뇨, 지하까지 안 내려가고 지상에 있는 화장실들만 좀 볼게요."

"화장실이요?"

"네, 고객용 화장실은 봤는데 직원용 화장실이 따로 있더라고요."

"아, 맞아요. 직원용은 층수도 정해져 있어요."

"고객용 화장실이랑 직원용 화장실만 쭉 한 번 점검해볼게요. 아까 지하 1층에서 좀 이상한 것도 봤고."

"이상한 거요?"

"네, 나중에 보고서로 제출할게요. 일단은 배수시설 점검으로 한 번 돌게요."

"아… 그러면, 저희 관리부 직원 한 분이랑 같이 다니시면 될 거 같은데요."

다음 날 아침 일찍 만난 관리부 직원은 이제 막 군대에서 제대했을 거 같은 인상의, 솜털 같은 남자애였다.

"직원용 화장실은 지하 1층이랑 3층이랑 6층에만 있어요. 고객용은 보셨다고 들었는데, 맞아요? 고객용도 봐야 되면 같이 돌아야 돼요."

절대로 같이 돌고 싶지 않다는 게 얼굴에 뻔하게 쓰여 있었다.

"여자 화장실은 혼자서 돌 수 있는데 남자 화장실은 못 도니까요. 고객용 남자 화장실 먼저 돌고 직원용 화장실 돌죠. 고객용 여자 화장실은 혼자 돌아도 되긴 하는데… 근데 정말 저 혼자 돌아도 돼요?"

"혼자 돌아도 된다면서요. 왜 그걸 저한테 물으세요?"

다시 보니 관리부 직원의 조끼 위에도 '협력사원 이민환'이란 글씨가 붙어 있었다. 관리부 직원은 손에 들고 온 조끼를 슬에게도 넘겨주었다.

"이거 입으세요. 안 입으면 다들 놀라요."

일단은 6층부터 돌기로 했다. 6층 고객용 남자 화

장실 앞에 서자 관리부 직원이 화장실 안에 먼저 들어갔다.

"배수 점검 있습니다!"

나와서는 슬에게 어깨를 으쓱했다.

"사람 없는 거 같은데 혹시 똥 싸는 사람 있을까 봐 소리는 쳐봤어요. 들어가서 확인하고 나오세요."

남자 화장실도 아무 냄새 없이 깨끗한 건 마찬가지였다. 누수가 있는 곳도 없었고 균열이 생긴 곳도 없었다. 약간의 침수 현상도 찾기 어려웠다. 벽도 말끔했고 줄눈도 깨끗했다. 모든 화장실이 우리 집 안방보다도 깨끗해 보이는 점이 특이하다면 특이한 점일까. 모든 화장실이 같은 방향제를 쓰는지 매번 익숙한 향기가 났다. 물을 다루는 공간이라는 게 믿어지지 않을 정도로 여기저기가 바싹 말라 있었다. 몇 시간마다 한 번씩 와서 청소를 하는 걸까.

6층에서 1층까지 내려오는 동안 직원은 휴대폰만 뚫어지게 볼 뿐 한마디도 입을 열지 않았다. 어색한 공기를 견디다 못한 슬은 웃으면서 먼저 말을 걸었다.

"바쁘신가 봐요."

"아뇨."

"아…."

다시 기나긴 침묵이 시작되었다.

가끔 소변기에 붙어 있는 남자를 발견하기도 했지만 관리 조끼가 마치 투명 인간의 망토처럼 기능했다. 조끼를 입고 있는 사람을 보자 그는 아무렇지도 않게 자신이 할 일을 마저 한 후 손을 씻고 나갔다. 지하 1층 남자 화장실에선 들어온 슬의 얼굴을 보고서도 아무렇지 않게 새로 산 시계를 열심히 채워보는 남자도 보았다.

"이제 직원용 화장실 보실 거죠? 직원용 화장실은 저쪽이에요."

"여기 사람들은 이거 입으면 딱 관리자라고 생각하나 봐요. 제 얼굴을 보고서도 신경 안 쓰더라고요."

"네."

또 슬은 혼자 어색하게 웃었다. 그 사이에 또 방광염에 발동이 걸리고 있었다. 무릎을 꼭 붙이고 잰걸음으로 직원의 뒤를 따랐다. 화장실 앞에 도착하자마자 거의 달리듯이 뛰어 들어간 슬은 변기 위에 앉고 나서야 이 화장실이 아까와는 다르게 상당히 어둡다는 걸 생각해냈다. 아니나 다를까, 오줌은 거의 나오지 않았다. 짧은 진통 끝에 밖으로 나오자 변기 쪽보다는 훨씬 밝은 세면대가 나타났다. 세면대 앞에는 이미 한 직원이 손을 씻고 있었다. 손을 씻으려고 다가섰다가 슬은 흠칫 놀라서 몸을 움츠렸다. 직원의 손에서 새빨간 피가 흘러내렸다.

"아니, 피가."

얼떨결에 튀어나온 단발마를 듣고 직원은 힐끔 슬을 바라보았다. 손을 보고 있던 슬도 직원의 얼굴로 시선을 옮겼다. 희다 못해 파리해 보이는 얼굴이었다. 컨실러를 여러 번 덧칠했는지 눈 아래만 유난히 화장이 떠 있었다. 세면대 조명은 고객용 화장실보다 훨씬 밝아서 피부결에 잔머리까지 환하게 보였다. 직원은 슬의 얼굴을 보곤 심드렁하게 다시 손을 씻기 시작했다.

너무도 서늘한 직원의 표정에 괜히 주눅이 들어 슬은 세면대로 시선을 내렸다. 직원의 손은 언제 피로

물들어 있었냐는 듯 깨끗하게 씻겨나간 상태였다. 심하게 손을 다친 줄 알았는데 손을 다친 건 아닌 모양이었다. 하지만 분명 피가 많이 묻어 있었는데… 아, 그제야 슬은 생리 중인 사람일지도 모른다는 생각을 했다. 직원은 이미 손을 다 씻고 대충 치마에 남은 물을 문지르면서 화장실을 나서고 있었다. 해명할 기회도 없이 슬은 남이 생리하는 데다 대놓고 피 묻었다며 설레발친 이상한 사람이 되어버렸다.

슬도 대충 손을 씻다가 거울 아래쪽에 반짝이는 반사판이 있는 걸 발견했다. 반사판에는 음각으로 글씨가 새겨져 있었다.

"눈물을 흘린 직원은 반드시 얼굴을 체크하고 나올 것."

직원용 화장실이 세면대만 밝은 이유가 이거 때문이라면 좀 너무했다. 반사판을 쓸쓸하게 보다가 슬도 화장실 밖으로 나왔다.

"왜 이렇게 오래 걸리세요."

"저도 화장실 좀 다녀왔어요."

"어째 너무 뛰어 들어가시더라."

✳

3층 직원 화장실로 올라가는 길에 보니 화장실에서 피를 씻던 직원은 1층 액세서리 브랜드 간판 아래에 서 있었다.

"뭐야, 왜 이렇게 오래 걸렸대."

"요즘 화장실만 가면 좀 그래요. 몸이 안 좋아요."

"방광염? 나도 걸렸어."

누군가 액세서리 가게 바깥쪽에서 귀걸이를 구경하자 파리한 얼굴의 직원은 얼른 잰걸음으로 그 사람 앞에 섰다. 화장실에서 본 얼굴과는 완전히 다른 환한 미소가 얼굴 가득 번졌다. 다른 쪽에 서서 귀걸이를 보며 천천히 걸었지만 아무도 슬에겐 신경 쓰지 않았다. 역시 이 직원용 조끼를 입고 있기 때문이겠지. 고개를 숙여 왼쪽 가슴께를 보니 슬의 조끼에는 아무런 명함도 달려 있지 않았다.

김 팀장은 백화점 공사는 적어도 이 주 전부터 미리 공지해야 한다고 했다. 바로 다음 날 백화점 로비에는 작은 안내문이 걸렸다. 지하 1층 개축 공사를 이 주간 진행한다는 내용이었다. 1층부터 6층까지는 정상 영업이니 걱정하지 말라는 내용이 뒤에 추가로 붙

43

어 있었다.

"이 주 안에 할 수 있을지 아닐지 어떻게 알아요."

"무조건 이 주 안에는 하셔야 돼요."

"공사할 때 소리 나는 건 어떻게 하시려고요."

"그건 어쩔 수 없죠…. 가능한 영업 시간 외에 진행하면서 최대한 덜 나도록 해주세요. 친장에 소음 관련해서 설치하고 진행하실 수 있죠? 요즘엔 소음 스티커 이런 것도 있던데."

"알겠습니다. 그건 그렇고, 개축이라뇨. 보수 공사 아니었어요?"

"보수라고 쓰면 건물에 문제 있는 줄 알고 손님들이 불안해하잖아요."

문제 있는 거 맞잖아. 속으로 잠깐 투덜대긴 했지만 클라이언트와 싸울 생각은 없었다. 무사히 끝내고 다른 작업으로 잘 건너가야지. 슬은 문득 보송하고 습기 없는 준규의 이불이 떠올랐다. 준규의 이불을 함께 덮고 푹 잠들면 개운하게 모든 일들을 처리할 수 있을 것 같았다.

디스플레이가 되는 공간을 모두 비워낸 다음, 바닥

✳

재 하나를 깨 올렸다. 대리석 두께도 만만한 두께는
아니었다. 바닥엔 단단하게 콘크리트 타설이 되어 있
었다. 천장이 조금 더 낮아지는 걸 감안한다면 콘크
리트를 더 두껍게 양생하는 것도 방법이었다.

슬은 지하를 둘러보던 중 정체를 알 수 없는 점액
이 흘러나왔던 공간을 찾아보았다. 점액은 간데없었
지만 슬은 바닥에 스프레이로 커다랗게 표시를 남겨
두었다. 결국 냄새를 막는 가장 좋은 방법은 근본적
해결이다. 산소와 만나게 해서 산화시키는 게 제일
인데, 가능할지는 딱 여기 한 번만 파보고 결정하기
로 했다. 도저히 안 될 것 같으면 다시 묻어놓지 뭐.
1930년대에도 도로 묻어놨다는 거 아니야.

바닥을 파서 해결 가능했을 때와 해결 불가능했을
때의 안을 모두 생각해야 하는데. 고민하면서 백화
점 뒷문으로 나왔는데 누군가의 시선이 강력하게 느
껴졌다. 한 노인이 뚫어져라 슬을 보고 있었다. 아니,
노려보고 있었다. 칠십 대 후반, 팔십 대? 적은 나이
로는 보이지 않았다. 볼이 홀쭉해서 노려보고 있는
눈이 더 빛나 보였다. 낡고 해진 옷이지만 옷차림새

는 정갈했다. 정신이 나간 사람처럼 보이진 않는데. 슬은 슬쩍 노인 쪽을 봤다가 얼른 눈을 피했다. 저런 노인들에게 괜히 가까이 다가섰다가 술 냄새라도 나면 그때부터는 복잡해진다. 잠깐 봤을 땐 손에 들고 있는 건 없었다. 예전에 길을 걷다가 술 취한 노인에게 지팡이로 호되게 얻어맞은 이후로 슬은 남자 노인들이 무서웠다. 걸음을 조금 빨리하려던 찰나, 노인은 갑자기 달려서 슬을 쫓아오기 시작했다.

"하지 마!"

광포하게 소리를 지르며 달려오는 바람에 엉겁결에 도망치기 시작했다. 하지만 노인의 속도는 생각보다 빨랐다. 아니, 경악할 만큼 빨랐다. 머리가 하얗게 센 노인이 어디서 저런 힘이 나와서 달리는 건지. 노인의 속도가 올라가면 올라갈수록 슬은 마음이 급해졌다. 숨이 턱까지 차올랐지만 절대 멈춰선 안 된다는 직감이 강력하게 슬을 사로잡았다. 무엇보다 슬은 두려웠다.

앞뒤를 가리지 않고 큰길로 내달렸다. 사람이 많으면 무슨 일을 겪는다고 해도 도와줄 수 있겠지. 하

지만 큰길로 나와서도 노인의 속도는 점점 더 빨라졌
다. 파출소, 어디 파출소가 있을 텐데. 두리번거리느
라 슬은 발을 헛디뎌서 넘어질 뻔하기까지 했다. 노
인은 다시 소리를 질렀다.

"뚫지 마!"

노인의 목소리는 바닥을 통째로 울리는 것처럼 깊
고 음습했다. 갈퀴처럼 노인의 목소리가 슬의 귓전을
잡아당겼다. 슬은 비명을 지르며 뛰었다. 슬은 파출
소를 찾는 대신 버스 정류장을 향해 달렸다.

노인은 계속 뭐라고 소리를 지르면서 슬을 쫓아오
고 있었다.

"뚫지 마! 그거 뚫으면 안 돼! 주술이 풀려, 빈오재
의! 빈오재의 주술이 풀려버린다고!"

간발의 차이로 슬은 아무 버스에나 올라탔다. 노인
도 버스를 향해 달려왔지만 버스는 노인을 태우지 않
은 채 문을 닫았다. 노인이 있는 힘껏 버스 문을 때렸
고 버스는 속력을 내서 출발했다. 슬이 간신히 기둥
을 잡고 섰는데 기사가 걱정스러운 눈으로 룸미러를
통해 슬을 보고 있었다.

✳

"아가씨, 괜찮아요?"

"네….."

다리가 후들후들 떨리는가 싶더니 슬은 무너지듯 빈 의자에 주저앉았다. 뺨으로 눈물이 흘러내렸다.

그날 밤, 슬은 잠자리에서 세 번씩이나 도중에 깨어났다. 매번 "빈오재의 주술이 풀려버린다"라는 노인의 외침과 함께였다. 노인이 백화점 한가운데에 뚫린 시뻘건 구멍 속에서 주술이 풀려버린다고 외치면서 양손을 높이 쳐들자 슬이 서 있던 자리가 무너졌다. 구멍 속으로 낙하하면서 번뜩 잠에서 깨어났더니 시계는 오전 두 시 삼십이 분이었다.

빈오재, 어디서 들은 단언데. 빈오재, 빈오재…. 첫 글자를 읽지 못해서 자전을 찾아보고 간신히 첫 글자를 알게 된 그 서류 속 단어였다. 암컷 빈이었지. 암컷 빈이라는 글자만은 뚜렷하게 기억에 남았지만 서류의 앞뒤가 기억나지 않았다. 어떤 맥락에서 그 단어가 등장했더라. 그렇게 중요한 부분은 아니었던 것 같은데.

뜬눈으로 남은 밤을 보낸 다음 날, 슬은 평소보다

삼십 분이나 일찍 회사에 도착했다. 평소에도 이십 분 정도씩 일찍 도착하는 슬이지만 그보다도 일찍 오니 회사도 고요했다. 같은 부서 사람들 중에 가장 일찍 도착한 건 입사 이후로 처음 있는 일이었다. 도착하자마자 찍어서 저장해놓은 사진부터 찾았다. 확대해보니 이런 글이 적혀 있었다.

"개봉이는 그날 이후로 사흘을 앓다가 실성하였다. 牝汚災, 牝汚災."

공사에 중요한 부분은 전혀 아니었다. 전혀 중요한 부분이 아니었기 때문에 당시에 공사를 했던 김개봉이나 아마 일본인일 중본 씨에 대해서는 읽기만 했을 뿐 머릿속에서 지워버린 모양이었다. 다시 보니 처음 봤을 땐 보지 못한 더 작은 글씨가 '빈오재' 아래에 있었다. 확대하지 않으면 보이지 않을 만큼 작은 글씨였다. 슬은 컨트롤 키를 누르고 사진을 확대했다.

"가랑이 사이에서 흘러나온 원한이 땅속 깊숙이 고여 있으니 절대로 원한을 해방해서는 안 된다."

무슨 말이야. 여전히 공사에 중요하지 않은 말인 건 마찬가지였다. 아무것도 해결되지 않은 채로 슬은

＊

이미지 파일을 닫고 커피를 타러 탕비실로 향했다.

공사가 시작되던 날, 슬은 작업자들에게 설명 겸 간단한 지시를 했다.

"기본적으로는 위에다가 콘크리트를 새로 좀 더 두껍게 양생한 다음 다시 덮을 거예요. 그런데 이게 냄새 관련해서 들어온 거라서 여기, 이 빨갛게 표시한 동그라미 부분만 아래에 뭐가 있는지 확인할 겁니다. 뚫고 나서 내부에 있는 게 해결할 만한 건지 확인해보고 불가능하면 위에 새로 양생하겠습니다. 여기 뚫어도 아무것도 안 나오면 그냥 위에 타설할 거예요. 무슨 말인지 아시겠죠?"

작업자들이 고개를 끄덕였다.

"그럼 다 뚫고 나서 보고드리면 되나요?"

"네, 금방 뚫을 수 있죠?"

"두께 봐야 알 것 같긴 한데 늦어도 사흘 정도 안엔 다 뚫을 겁니다."

"그래요, 그럼 시작합시다!"

짝짝, 손뼉을 치자 곧바로 드릴 돌아가는 소리가 들리기 시작했다. 드릴 소리를 뒤로 하고 슬은 목요일 저녁에는 꼭 만나자는 준규의 메시지에 서둘러 답장을 했다. 일부러 연락을 많이 하지 않은 건 아니었지만, 공사 진행이니 빈오재니 정신이 팔려서 준규에게 제대로 연락을 못 한 며칠이기도 했다.

한참 문자를 보내다가 갑자기 가랑이 사이에 신경이 쏠렸다. 신경을 써서 냄새가 나는 것처럼 느껴지는 건지 원래 냄새가 나는 건지 이제 헷갈릴 지경이었다. 질정제를 넣은 지도 벌써 보름이 다 되어갔다. 슬슬 효과가 드러났으면 좋겠는데.

다음 날 아침, 슬은 평소와 다름없이 질정제를 꺼냈다가 냄새가 나는 건 착각이 아니었다는 걸 선명하게 깨달았다. 낌새도 없이 생리가 시작되었던 것이다. 질정제를 넣는 대신 황급하게 진통제를 찾아 털어 넣었다. 진통제를 먹고 출근한 지 얼마 지나지 않아 새세계 백화점에서는 목요일 저녁 회식을 통보해왔다. "네, 알겠습니다. 저희 회사에서도 같은 팀 분들과 같이 가도록 할게요." 대답을 하고 나서 가만히 탁자를 톡톡 손가락으로 두드리다가 준규에게 카톡을 보냈다. '목요일 저녁에도 만나기 어려울 것 같아.'

✳

새세계 백화점에서 잡은 회식 장소는 천장이 높은 고깃집이었다. 어쨌든 새세계 백화점이니까. 팀원들이 약간 들뜬 표정으로 메뉴판을 훑는 걸 보고 슬은 그럭저럭 괜찮겠다는 생각이 들었다. 모듬 한우가 7만 4,000원, 저것까진 아니라고 해도 뉴질랜드산 갈비가 4만 4,000원. 저거 정돈 시켜주겠지.

모든 이야기는 김 팀장과만 하다가 처음으로 만나게 된 하 부장이란 사람은 서글서글하게 웃으면서 먼저 명함을 내밀었다.

"제가 먼저 인사를 드렸어야 했는데 너무 늦게 뵙네요. 하재홍이라고 합니다."

슬도 명함을 내밀며 고개를 숙였다. 하 부장은 손님들이 편안하게 쇼핑할 수 있도록 해야 하는데 비슷한 문제가 자꾸 발생해서 마음이 아프다, 부디 잘 부탁드린다는 예의 바른 말을 몇 마디 주워섬기더니 예약된 테이블 제일 안쪽 중간 자리에 먼저 앉았다. 팀원들이 오른쪽 끝에 자리를 잡자 왜 그렇게 멀리 앉느냐고 엉덩이 한 번 안 떼고 입만 움직였다.

"이슬 팀장님이라도 이쪽에 좀 앉으시죠."

하 부장과 대각선에 앉으면서 재빠르게 김 팀장을 찾았다. 왼쪽 끄트머리 쪽에 앉아서 아예 하 부장 쪽으로는 눈길도 안 주고 있는 걸 보아 하니 충분히 짐작이 되었다. 하 부장에게 들리지 않을 정도로 낮게 한숨을 내쉬는 사이, 하 부장이 큰 소리로 주문을 했다.

"여기 오삼불고기 대자로 다섯 개 주세요!"

흠칫 놀라서 하 부장을 봤는데 하 부장은 전혀 동요 없이 껄껄 웃었다.

"여기가 이 근처에서 아주 소문난 오삼불고기 맛집입니다."

조금 늦게 일군의 사람들이 예약석으로 들어왔다. 하 부장은 갑자기 자리에서 벌떡 일어나더니 손을 흔들며 자리를 안내했다.

"오늘 출근하신 1층 직원들 중에 오실 수 있는 분들 좀 오시라고 했습니다. 지하 1층 공사로 수고해주시면 1층 분들이랑 아마 제일 자주 마주치실 거고."

자리에 앉는 사람들의 표정은 그리 밝지 않았다. 왜 왔는지 어렴풋이 짐작이 되었다. 늦게 온 사람들은 팀원들과 슬 사이 빈자리에 약간 주춤거리며 들어와 앉았다. 슬의 옆자리에 앉은 사람의 얼굴이 어쩐지 낯이 익었다. 가만히 얼굴을 들여다보니 직원용 화장실에서 피 묻은 손을 씻던 액세서리 쪽 직원이었다. 시무룩한 표정으로 자리에 앉은 그녀는 자기 앞에 놓인 접시를 내려다보고 있었다. 괜히 반가운 마음에 인사가 튀어나왔다.

"안녕하세요!"

그녀는 화장실에서 그랬던 것처럼 힐끔 슬의 얼굴을 보더니 앞에 놓인 젓가락을 집어 들고 먼저 나온 김치를 집었다. 대답 대신 와삭와삭 김치 씹는 소리가 돌아왔다. 슬이 멋쩍어하는 사이에 오삼불고기 대자가 각 테이블 위에 올려졌다. 고추장 양념이 시뻘겋게 끓었고 고소한 냄새가 금방 퍼졌다. 슬의 인사가 무안하게 무시당하는 걸 지켜보던 앞자리 사람이 입을 열었다.

"저희는 1층 란키프앤아델 매장에 있어요."

그날 매장에 함께 있었던 사람이었다. 방광염에 자신도 걸렸다고 하던. 직원용 조끼를 입고 있던 슬의 얼굴은 전혀 기억하지 못하는 모양이었다. 그렇게 생각하면 옆자리에 앉은 사람도 기억 못 하는 게 당연할지도 모른다. 그녀는 시종일관 웃는 낯으로 말을 이어나갔다.

"저희 다한 씨가 지금 에너지 보존을 좀 하고 계시는 중이에요. 저희는 매장에서 평소에 웃느라 에너지를 좀 많이 써서. 저도 집에 가면 완전 녹초가 되고 그러는데 다한 씨는 그중에서도 에너지 보존을 잘하시는 편이에요. 그래서 필요할 때 웃고, 안 필요할 땐 딱 절제하시고. 그렇죠, 다한 씨?"

다한은 그 말에도 한 번 앞사람을 바라볼 뿐 아무런 대답이 없었다. 오히려 하 부장이 그 말을 이어받았다.

"다한 씨, 저희 쪽에서도 유명하지요. 완전히 영업왕 아니십니까. 제가 매출 관련 부서는 아닌데도 저번에 어쩌다 한번 확인한 적이 있거든요. 아주…."

"언제 확인하셨는지는 몰라도, 저번 달에는요."

엄지손가락을 치켜올리는 하 부장에게 앞사람이 귓속말을 했다. 하 부장의 눈빛이 팽하니 돌아오더니 눈썹이 위로 치켜올라갔다.

"아니, 그게 정말입니까? 무슨 비법이 따로 있으신 거예요? 세상에… 건배 한 번 합시다. 다한 씨 같은 분이야말로 '협력사가 잘 되어야 본사가 잘 된다'의 귀감이시네. 어떻게 그렇게 하셨어요? 자자, 다들 잔들 채우시고!"

여기저기서 갑자기 잔에 물을 붓고 소주를 붓는 와중에도 다한은 파리한 얼굴로 묵묵히 오징어를 가져다 오물오물 씹고 있었다. 텐션이 한참 올라간 하 부장은 다한의 잔에 직접 소주를 채워주었다.

"다한 씨, 술 드시기 싫으면 짠만 해요, 짠만."

다한은 고개도 들지 않고 술잔도 잡지 않았다. 하 부장 옆에서 옆구리를 살짝 찌르는 게 앞에서도 보였다.

"다한 씨, 이런 거 잘 못 하셔요."

"아… 그래요?"

"네, 그냥 저희끼리 건배해요."

잔을 채우라고 말한 게 좀 멋쩍어진 하 부장은 얼른 잔을 치켜들었다.

"유광토건도 저희 협력업체니까요. 협력사와 본사의 상생을 위하여!"

"위하여!"

소주를 한 번에 쭈욱 들이켰다. 소주가 달았다. 당이 들어가 있으니까 당연히 달겠지. 잔이 비자마자 앞자리에 앉은 협력사 직원은 얼른 잔을 채워주었다.

"잘 드시네요. 이번에 수리 시공 책임지시는 분이세요?"

"아, 네."

얼른 가방을 뒤져 명함을 건넸다.

"이슬? 이름이 예쁘셔서 이렇게 술도 한 번에 비우시나 보다."

직원은 옆에 놓인 소주병을 한 손으로 살짝 흔들어보였다. 술자리에서면 흔히 듣는 농담에 슬은 고개를 살짝 숙이고 피식 웃었다.

"제가 지금 명함이 없어서요. 저는 란키프앤아델 협력업체 새세계점 담당하고 있는 윤성희라고 합니다. 여기는 정다한 씨고요. 냄새가 제일 심하게 나는 구간이 저희 매장 바로 아래라고 하더라고요. 본사에

클레임 걸기도 좀 어려운 문제였는데 본사에서 먼저 이렇게 처리해줘서 너무 다행이에요. 평소엔 안 그러는데 가끔 진짜 심한 냄새가 올라오고 그럴 때가 있거든요. 잘 좀 부탁드립니다."

웃음으로 대답을 대신한 후 다시 오삼불고기를 집으려고 젓가락을 뻗는데 허벅지 위에서 진동이 느껴졌다. 살짝 아래를 내려다보니 준규였다.

'보고 싶은데, 회식 끝나고라도 오면 안 돼?'

자동적으로 만면에 미소가 번졌다. 입꼬리도 불수의근인가 싶을 정도로 막을 방도가 없었다. 그사이 또 요의가 밀려왔다. 행복했던 기분이 금세 사그라들었다. 생리에 방광염이 겹치다니. 슬은 가방 속에서 파우치를 꺼내 들고 화장실로 갔다.

회식 끝나고 얼른 가겠다고 문자를 보내면서 화장실 칸 안으로 들어갔다. 팬티를 내리자마자 피비린내가 확 끼쳐 올라왔다. 피비린내에 섞여서 어쩐지 보지 냄새는 덜 나는 것 같기도 했다. 생리 중이니까 팬티 벗을 일도 없을 텐데, 뭐. 슬은 얼른 생리대를 갈았다.

자리에 돌아오니 사람들은 슬만 모르는 이야기를 하고 있었다. 아는 얘기를 할 수 있는 직원들과는 얼떨결에 멀리 떨어져 앉은 슬은 그냥 자기 앞에 있는 오삼불고기만 하염없이 씹었다. 옆자리의 다한도 마찬가지였다. 슬은 천천히, 하지만 야무지게 움직이는 다한의 손을 보면서 조금 부럽다는 생각을 했다. 워낙에 매출을 잘 뽑다 보니 이렇게 멋대로 굴어도 다들 열외로 봐주는 모양이었다.

앞자리에선 슬이 모르는 누군가에 대한 이야기가 한창이었다.

"이번에 수술하셨다면서요."

"맞아요. 아기 가진다고 시험관도 여러 번 하셨는데."

"아이구, 그거 그렇게 힘들다면서."

"그러니까요. 근데 그렇게 되어서⋯."

"어쩌다가 그러셨대요."

"어느 날 보는데 생리가 좀 이상하더래요."

"주기가?"

"아뇨, 피가. 피가 딱 평소랑 다르고 좀 이상하더래

요."

"피가 그럴 수가 있나?"

"저도 잘 상상은 안 되는데."

다른 쪽을 보고 얘기하던 하 부장이 갑자기 고개를 홱 돌렸다.

"아, 거 밥 먹는데 생리니 피니 이런 얘기 좀 그만 합시다. 밥맛 떨어지게. 그것도 다 배설 아니야, 배설."

사람들의 목소리가 일시에 뚝 끊겼다. 어색한 침묵 속에서 슬은 문득 빈오재를 떠올렸다. 암컷 빈, 더러울 오, 재앙 재. 혹시 생리 같은 거 얘긴가? 생각을 이어나가다 부지불식간에 입 밖으로 단어가 새어 나왔다.

"빈오재…."

그 말을 들은 다한이 회식 자리에 도착한 이후 처음으로 고개를 들고 슬을 보았다. 슬도 다한의 시선에 깜짝 놀라 다한을 바라보았다. 다한이 눈을 동그랗게 뜬 채 슬에게 얼굴을 가까이했다.

"지금 뭐라고 했어요?"

"네…?"

"알고 있죠? 제때 제혈을 못 하면, 피가 흘러넘치면 빈오재의 힘이 깨어나는 거."

"제혈… 피요?"

슬의 눈을 들여다보는 다한의 얼굴이 너무 가까워서 부담스러웠다. 가까이서 보니 눈 아래 퍼렇게까지 보이는 다크서클이 더욱 선명했다. 얼굴엔 물기 하나 없어 보였다. 슬은 약간 주춤거리며 몸을 뒤로 뺐다. 조금 위협적으로까지 느껴진다고 생각했는데 다한이 몸을 빼더니 가방을 들고 일어섰다.

"먼저 가보겠습니다."

슬은 다한이 떠난 자리에 편하게 가방을 내려놓았다. 자리는 슬슬 파하는 분위기였고 오삼불고기도 거의 바닥을 드러냈다. 슬은 오삼불고기를 입에 넣으면서 제혈이라는 말을 곱씹었다. 제혈, 생리, 빈오재, 암컷…. 제혈을 하지 않으면 피가 흘러넘친다는 건 무슨 말이지.

언젠가 바다에서 탐폰을 하고 놀다가 너무 긴 시간 동안 탐폰을 갈지 않았더니 다리 사이로 피가 흘러내리는 바람에 화급히 친구의 셔츠를 두르고 탈의실로 달려갔었다. 피를 제거하지 않아서 피가 흘러넘친다. 그날 이후로 슬은 불안해서 탐폰을 잘 쓰지 못했다.

집에 도착하자 이미 준규는 약간 술기운이 불콰하게 올라와 있었다.

"자기 회식한다고 해서 친구들이랑 약간 마셨어."

슬은 코트를 벗어서 스탠드형 옷걸이에 걸어두고 침대에 기대앉은 준규 옆에 나란히 앉았다.

"나는 자기랑 한잔 더 하고 싶었는데 오늘은 안 되겠네."

"나 원래 술이 약하잖아."

술이 약하다는 것도 슬이 생각하는 준규의 여러 장점 중 하나였다. 준규는 술을 좋아하지도 않았고, 어디 가서 쉽게 만취해서 쓰러지지도 않았다. 취하는 기분 자체를 그리 좋아하지도 않는 모양이었다. 슬과 각자 맥주 한두 캔 정도를 마시면 그걸로 충분한 사람. 어딜 가서 술 문제를 일으키지 않을 사람과 함께하는 삶은, 아닌 사람보단 더 안정적일 것이다.

준규는 옷장에서 슬이 평소에 놀러왔을 때 입던 티

✳

셔츠와 트레이닝 바지를 꺼내주었다. 슬이 옷을 갈아입는 사이, 준규는 이미 이불 속에 폭 들어가 있었다.

"자기, 벌써 피곤해?"

"벌써 피곤하긴. 완전 쌩쌩하지."

슬이 이불 속으로 따라 들어가자 준규는 갈아입은 슬의 티셔츠를 정신없이 걷어 올렸다. 슬은 살짝 준규의 머리를 밀어냈다.

"나 오늘 생리 중이야."

"아… 정말?"

잠깐 가만히 천장을 바라보던 준규는 갑자기 벌떡 일어나서 화장실로 갔다. 화장실에서 나온 준규의 손에는 수건 한 장이 들려 있었다.

"깔고 하면 되지 않을까?"

"아니… 침대 더럽히는 것도 문제긴 한데…, 그보단 생리 중일 땐 별로 섹스하고 싶지 않아. 냄새도 나고 나중에 뒤처리할 때도 좀 별로고."

"그래… 하기 싫구나."

준규는 고개를 끄덕이더니 수건을 휙 던져놓고는 이불 속으로 다시 들어왔다.

"슬인 내가 많이 보고 싶어서 왔겠다. 그치?"

"그럼, 자기도 나 보고 싶었다면서."

"당연히 보고 싶었지."

준규는 가만히 등을 돌리고 벽을 향해 누웠다. 슬은 준규의 등을 끌어안았다.

"오랜만에 자기 안으니까 너무 포근하고 좋다. 얼른 결혼하고 빨리 같이 살면 매일 같이 있고 너무 좋겠다."

"맞아, 빨리 결혼해야지."

준규의 목소리는 바삭바삭 부서지는 셀로판지 같았다. 슬은 준규의 뱃살을 조물락거리며 뺨에 입을 맞췄다. 목소리에 도는 냉기에 괜히 주눅이 들었다.

"자기, 내가 오늘 섹스하기 싫다 그래서 삐졌어?"

"아니야."

"생리 중일 때 섹스하면 좀 불편해서 그래. 나 지금 약간 방광염 기미도 있고."

"또?"

"응, 진짜로 섹스하기 싫은 건 아니야. 알지?"

"그래."

64

✳

준규는 몸을 돌리지도, 슬을 안지도 않은 채 계속 등을 돌리고 있었다. 시간은 아직 열한 시도 안 되었는데. 말이라도 더하고 싶었는데. 이러다 내일 아침에 같이 출근하고 말겠네. 준규의 등을 묵묵히 쓰다듬다가 이대로 조금만 더 있다가는 울음이 터질 것 같았다.

"우리, 섹스할까?"

근 십 분간의 긴 침묵이 무색하게 준규의 몸이 홱 돌아왔다.

"진짜? 자기 생리 중이고 방광염이라 힘들잖아. 무리하지 마."

"아니야, 나도 자기랑 섹스하고 싶었어. 우리 오랫동안 못 했잖아."

"그럼 내가 수건이랑 물티슈랑 다 가져올게. 잠깐만 기다려."

준규는 던져놓은 수건을 얼른 들고 와서 침대에 깔고는 슬을 침대 위에 눕혔다. 준규가 트레이닝 바지를 벗겨내는 걸 느끼면서 슬은 가만히 천장을 보았다. 팬티를 벗기자 피비린내가 온 방 안에 퍼졌다. 준규는 가져온 물티슈를 꺼내서 슬의 보지를 열심히 닦아냈다. 준규가 웃옷을 올리고 유두를 핥는 동안 슬은 준규의 책꽂이를 가만히 보고 있었다. 저 만화책 2010년 정도에 나온 거였지. 좋아하는 건데. 준규도 가지고 있었구나. 전에도 저 책이 있었던가? 준규가 콘돔을 씌우고 슬의 몸속에 침입할 때도 슬은 준규의 책꽂이를 훑고 있었다. 섹스가 끝나고 나자 준규의 베이지색 수건 위에 검붉은 핏덩어리가 보란 듯이 놓여 있었다. 준규는 얼른 수건을 들어다 바닥에 내려놓았다.

생리대가 그대로 붙은 팬티를 주워 입으면서 슬은 손을 내밀었다.

"피는 빨리 안 씻으면 물들어. 나 어차피 방광염이라 빨리 화장실 가야 돼. 이리 줘."

세면대에 수건을 던지고 찬물을 틀자 곧바로 물이 새빨갛게 변했다. 물소리와 오줌 흐르는 소리가 함께 들렸다. 오전보다는 조금 오줌발이 길어진 것에 안도했다. 간단하게 애벌빨래를 하고 나서 젖은 수건을 세탁 바구니에 넣었다. 준규는 어느새 옷을 다 입고 물을 끓이고 있었다.

"밤이니까 커피보다는 차가 낫겠지? 캐모마일 티가 숙면에 좋대."

역시나 준규는 슬의 성취를 누구보다 기뻐해주었다. 새세계 백화점이라면 공사 다 끝나고 지하 1층에 꼭 가봐야겠다는 말을 덧붙였다.

"귀금속 매장이 있어? 그럼 우리 거기서 반지 맞출까?"

슬은 반지를 맞추자는 얘기를 듣자마자 정다한 씨의 얼굴을 떠올렸다. 정다한 씨는 반지를 사러 가면 어떤 표정으로 슬을 맞아줄까. 오늘 저녁에 본 그 표정은 아닐 텐데. 어쩐지 준규에게는 정다한 씨 이야기를 하고 싶지 않아서 슬은 대답 대신 준규의 손을 꼭 잡았다.

준규는 가늘게 코를 골고 있었지만 새벽 한 시가 지나도록 슬은 도무지 잠이 오지 않았다. 한꺼번에 너무 많은 일들이 머릿속에 쏟아졌나 봐. 이런 날 억지로 자려고 노력해봐야 누워서 천장을 보는 시간만 길어질 따름이었다. 차라리 다른 일을 하다가 졸리면 잠이 드는 게 낫지. 슬은 준규가 안 깨게 조심스럽게 일어나서 컴퓨터 앞으로 갔다. 넷플릭스로 영화나 한 편 보다 보면 잠이 올지도 모르지.

보고 싶다고 표시해놓은 수많은 영화 중에 아무거나 눌러서 보기 시작하는데 '카톡' 소리가 울렸다. 카카오톡이 자동 로그인으로 실행되어 있었다. 영화를 보는 동안 카톡 소리는 쉬지 않고 울렸다. 도대체 새벽 한 시에 누가 이렇게 말을 걸어대나, 짜증이 나서 일단 전체화면을 끄고 카카오톡으로 들어갔다. 제일 위에 안 본 메시지가 열여덟 개나 쌓여 있는 채팅방 이름은 '맛좋은 라면'이었다. 아마도 친구들의 단톡방인 모양이었다. 이름을 보니 슬도 얼굴을 본 적이 있는 친구들도 있었다. 고등학생 때부터 제일 친한 친구들이라고 하긴 했지만 새벽 한 시에 직장인도 있는 카톡방인데. 아무튼 영화 보는 잠깐만이라도 알림을 꺼두려고 카톡방을 클릭했다. 누르자마자 슬의 눈에 들어온 건 이런 문장이었다.

'보징내로 준규 여친한테 비빌 수 있냐'

뒷골이 하얗게 아득해졌다. 잠깐 눈앞이 안 보이기

까지 했다. 슬은 카톡을 올려서 무슨 대화가 오갔나 보기 시작했다. 준규 여친 보징내는 적어도 사나흘에 한 번씩은 등장하는 단어였다. 잠을 잘 생각도 완전히 없어진 채, 슬은 하염없이 카톡방 스크롤을 올렸다. 그리고 처음 그 단어가 등장한 부분을 결국에는 찾아냈다. 넉 달 전이었다.

고문수
준규는 인제 곧 새신랑 되는 거 아니냐.

오준규
얼른 해야지. 내년이면 서른넷이다.

김용환
요즘에는 서른넷에 결혼하면 평범 그 자체야.
마흔에도 많이들 하는데.

고문수
그래도 좋은 사람 있을 때 빨리 해야지.

임정현

준규 여친 본 사람들 있잖아.


고문수

어, 괜찮더라 성격도 좋아 보이고 직업도 탄탄하고.


정석철

예쁘냐.


고문수

넌 뭐 애새끼냐, 그 나이에 얼굴 따지게. 예뻐.


정석철

그럼 됐지 뭐 얼굴 안 보고 결혼했더니 요즘
싸울 때마다 빡친다.


김용환

ㅋㅋㅋㅋㅋㅋㅋㅋㅋㅋㅋㅋㅋㅋㅋ

*

정석철

야, 그래도 뭐 단점이라는 게 있을 거 아니야

지금 단점 있으면 잘 생각해야 돼.

지금은 넘어갈 수 있는 단점인 거 같은데

그런 게 나중에 시간 지나면 이혼 거리 된다.


임정현

아직 결혼도 안 한 애한테 저주를 하고 지랄이고.


정석철

지금 이 형님들한테만 함 말해 봐. 진짜로 없어?


오준규

단점 없는 사람이 어딨어. 있기야 하지.


정석철

그니까 말이야 왜, 집착하냐?


오준규

✳

그런 건 아니고···

정석철

그럼 뭐 돈 막 쓰냐?

오준규

절대 아님. 그런 사람이랑

결혼할라고 생각을 하겠냐.

정석철

그럼 뭔데 속궁합이 별로냐?

임정현

ㅋㅋㅋㅋㅋㅋㅋㅋㅋㅋㅋㅋㅋㅋㅋㅋㅋㅋㅋㅋㅋㅋㅋ

ㅋㅋㅋㅋㅋㅋㅋㅋㅋ

김용환

ㅋㅋㅋㅋㅋㅋㅋㅋㅋㅋㅋㅋㅋㅋㅋㅋㅋㅋㅋㅋㅋ

✳

정석철

그거면 잘 생각해라 진짜.

오준규

그 정도까진 아니고.

고문수

뭐야 진짜로 섹스 이슈야?

김용환

헐.

정석철

몬데 ㅎㅂ임.

고문수

아니, 섹스가 별로인 건 아닌데. 그… 보징내가
너무 심함.

김용환

헐. ㅋㅋㅋㅋㅋㅋㅋㅋㅋㅋㅋㅋㅋㅋㅋㅋㅋㅋ


정석철

야 어느 정돈데. ㅋㅋㅋ 섰다가 죽냐.


임정현

보징내 약간 꼴릴 때도 있잖아.


오준규

아 진짜 그 정도면 말도 안 함. 3년 동안 청소
안 한 냉장고 구석에서 썩어 문드러져 가지고 손도
못 댈 그런 오징어 냄새 난다고. 거기다가 보지에서
무슨 정액같이 시허연 거 자체 수급된다.


고문수

그거 뭐 병원 다니고 그러면 좀 조절되던데.
그 정도로 심하면. 약간 구운 오징어 정도까지는
줄어들 수 있다더라.

✳

김용환

구운 오징어. ㅋㅋㅋㅋㅋㅋㅋㅋ


정석철

한 번 박고 맥주 한 모금씩 하는 거지.


슬은 전원 버튼을 눌러서 컴퓨터를 꺼버렸다. 도저히 억누를 수 없는 욕지기가 치밀어 올랐다. 화장실로 뛰어 들어가 손가락을 목구멍에 쑤셔 넣었다. 몇 번씩 헛구역질을 했지만 아까 먹은 오징어는 하나도 올라오질 않았다. 준규가 타준 캐모마일 티를 토한 이후엔 아무 맥락 없이 샛노란 액체만 두 번 정도 토하고 나서 기진맥진한 채로 화장실을 나왔다. 침대로 들어가려고 보니 준규는 세상모르게 평화로운 표정으로 깊이 잠들어 있었다. 살짝 입을 벌리고 새근새근 숨소리를 내면서.

슬은 지금껏 영화나 드라마에서 본 모든 살인 장면을 떠올렸다. 머리를 벽돌로 짓이기거나, 자고 있는 이의 목을 조르거나, 베개를 들고 숨을 못 쉬게 내리

✳

누르거나. 그러면 준규는 몸을 부르르 떨겠지. 어쩌면 손발을 허우적거리다 슬을 때릴 수도 있을 것이고 벗어나기 위해 갖은 애를 쓸 것이다. 하지만 끝내는 손발이 축 늘어지고 똥오줌을 지리면서 생명이 없는 신체가 되고 말겠지. 그 똥오줌 냄새는 과연 얼마나 지독할까. 슬은 이를 악물고 준규를 노려보다가 숨을 크게 몰아쉬었다.

아까 준규는 슬이 해낸 공사를 자기 눈으로 확인하고 싶다고 했다. 슬의 성취를 자기 일처럼 기뻐했고 슬의 성취가 있는 곳에서 관계를 쌓아나가고 싶어 했다. 슬은 이 카톡을 보았다는 이야기를 해야 할까 고민했다. 이야기를 하면 준규는 시정을 할까. 다음부터 준규의 친구들을 어떤 표정으로 만나면 좋을까. 온갖 생각으로 새벽 네 시까지 침대 머리맡에 가만히 앉아만 있던 슬은 앱을 열어 택시를 불렀다. 여하간 지금 이곳에 더 앉아 있고 싶지는 않았다.

슬이 나올 때까지 준규는 깨지 않았고 세 시간 뒤에야 준규에게 연락이 왔다.

'자기야, 자고 가는 줄 알았는데. 집에 간 거야?'

'응, 너무 잠이 안 와서.'

습관처럼 질정제를 꺼내다 슬은 분개를 토하며 벽에 질정제를 집어던졌다. 삽입기와 약들이 여기저기 흩어졌다. 슬은 가방을 들고 그냥 집 밖으로 나와버렸다.

공사는 보통 밤에서 오전까지 진행되었다. 어떤 날은 오전 열 시가 넘어서도 진행할 때가 있었다. 일단 바닥은 전부 들어내야 했고, 바닥 중 한쪽은 좀 더 깊이 파야 했다. 하지만 이 정도 넓이의 바닥을 전부 들어내는 것만도 하루 이틀 안에 끝날 일은 아니었다. 어느 오전, 지친 몸으로 1층으로 올라온 슬은 지하와 다르게 1층 조명이 너무도 맑고 깨끗해서 멍한 눈으로 천장을 바라보았다. 반짝이는 조명에 눈이 익숙해지고 나서 간신히 정신을 차렸다.

얼른 나가려고 마음먹고 주변을 돌아보는데 정다한 씨가 눈에 들어왔다. 웃는 얼굴에 천장처럼 빛이 반사되고 있었다. 해쓱해 보이던 얼굴은 환한 조명 아래에선 티가 나지 않았다. 너무도 행복해 보이는 미소에 얼떨결에 걸음이 멈췄다. 다한 씨는 지금 앞

에 있는 사람을 마주하는 게 세상에서 제일 기쁜 일
처럼 웃고 있었다.

앞에 선 사람은 귀걸이 하나를 옆에 두고서 계속
디스플레이 된 장신구들을 들여다보고 있었다. 만면
으로 웃으면서도 다한 씨의 입은 한시도 쉬지 않았
다. 슬은 다한 씨가 무슨 이야기를 하고 있는지 진심
으로 궁금해졌다. 저렇게 환한 얼굴로 하는 말은, 향
기 나는 연필 끝에서 사각거리는 소리라든가 보드라
운 벨벳 천의 끄트머리를 만지는 촉감, 초겨울 창가
에 쏟아지는 햇빛이 솜털 위에 포근하게 떨어지는 광
경과도 같겠지. 슬은 마술에라도 걸린 것처럼 다한을
향해 한 걸음씩 다가섰다. 환한 조명이 여기저기로
눈발처럼 흩날렸다.

"꼭 클로버가 아니라도 이런 모티브들이 있거든
요."

다한의 손바닥 위에는 목걸이 하나가 올라가 있었
다.

"보시다시피 체인은 골드고요, 여기 양쪽의 하트
만 카닐리언으로 만들었어요. 아까 구매하기로 결정

✳

하신 클로버랑 같은 재질이에요. 란키프앤아델이 카
널리언을 다루는 데선 가장 뛰어난 브랜드인 건 아시
죠?"

다한은 목걸이에서 어딘가를 집어내서 고객 쪽으
로 더 가까이 내밀었다.

"묘안석이라고 들어보셨어요? 캣츠아이라는 보석
인데, 이건 그와 비슷하지만 좀 더 그레이드가 높은
호안석이라는 보석입니다. 호랑이의 눈을 닮았다고
해서 호안석이에요. 나비 모티브에 호안석을 넣으니
까 마치 호랑나비처럼 보이죠? 실제로 숲에 있는 것
같은 느낌이 드는 디자인이에요."

고객은 넋을 잃은 표정으로 다한이 내미는 대로 시
선을 옮겼다.

"여기에도 클로버가 있기는 한데, 보시다시피 색
깔이 다릅니다. 이건 마더오브펄이라는 원석이에요.
조개 몸 안에서 생기는 진주 같은 건데, 이렇게 움직
이면, 보세요. 무지갯빛 홀로그램이 나오는 것 같지
요?"

"이건… 얼마예요?"

"가격은 이렇게 됩니다."

다한은 종이를 하나 내밀었고, 고객은 종이를 받고 몇 초간 고민하더니 다한에게 종이를 다시 내밀었다.

"네크리스까지 같이 주세요."

다한이 목걸이를 하나 판매하는 동안 누군가 옆에 와서 주얼리를 들여다보고 있었다. 다한이 제품들을 꺼내는 사이에 그는 윤성희에게 먼저 말을 걸었다. 약간 주저하는 듯이 말을 거는 것 같았는데, 다한에게 물건을 산 손님이 떠나자 약간 언성이 높아지기 시작했다.

"인터넷에서 보고 왔는데 왜 없다는 거예요?"

"고객님, 그 제품은 삼 년에 한 번씩 생산되는 제품이고 생산량도 정해져 있어서요. 오셨을 때 늘 있다고는 장담할 수가 없는 제품입니다. 정말 죄송합니다."

"사람 관상 보고 물건 파는 거예요? 왔는데 물건이 없다니 이게 말이 되냐고."

"고객님, 그런 게 아니고요."

"아니긴 뭐가 아니야. 내가 여기까지 왔는데 완전

헛걸음한 거 아니야."

다한은 눈치 빠르게 고객 옆으로 달라붙었다. 마치 웃기 위해 태어난 사람처럼 자연스러운 미소를 얼굴 가득 담고서 귀에 감기는 듯한 부드러운 목소리로 말을 건네왔다.

"고객님, 정말 죄송합니다. 인터넷이면 저희 홈페이지에서 보셨나요?"

"그래요."

"아, 아마 홈페이지에는 한국지사 문의번호가 있을 텐데요…."

"뭐야, 문의번호 하나 딱 써놓으면 손님이 알아서 다 해야 된다? 아가씨, 그런 마인드로 명품관에 있어?"

"지금 저희 매장에는 해당 제품은 비치가 되어 있지가 않아서요. 정말 죄송합니다. 다른 매장에 있을지도 모르니 연락처 하나 남겨주시면 바로 알려드리도록 하겠습니다."

"난 지금, 지금 시계를 보고 싶다고요."

매장 유리를 세게 손으로 쾅 내리치는 바람에 옆

✱

가게에서도 이목이 쏠리기 시작했다.

"그럼 다른 시계라도 보게 좀 내놔봐요. 시계가 하나도 없지는 않지?"

다한은 오 초도 걸리지 않아 새로운 시계를 고객 앞에 가져다 놓았다.

"골드에, 이 사이드가 전부 다이아몬드로 장식되어 있는 시계입니다. 오디너리하게 나오는 라인 중에서는 최고라고 할 수 있어요."

"이건 그 안에 모듈인가 그거 없나?"

"네, 아까도 말씀하셨던 모듈 내장 시계는 생산량이 정해져 있는 한정 제품입니다. 지금 저희 매장에는 없습니다. 저희가 찾는 대로 연락을……."

고객은 시계 상자를 통째로 들어 다한의 가슴께를 쿡 찔렀다.

"장난해? 내가 지금 그냥 아무 시계나 보려고 여기까지 온 줄 알아? 여기 명품관이잖아. 명품관인데 명품관에 왜 싸구려밖에 없어? 야, 너네 파견이지? 본사 직원 나오라 그래. 본사 직원 어딨어?"

다한은 거리낌 없이 고개를 숙였다.

✳

"죄송합니다."

고객의 목소리가 점점 더 높아지는 걸 견디다 못해 슬은 자리를 피해 화장실로 들어갔다. 1층 고객용 화장실은 마음을 푹 내려놓게 하는 면이 있었다. 생리가 거의 끝나가면서 방광염도 조금씩 잦아들고 있었다. 멀쩡한 용량의 오줌을 싸고 난 다음, 오줌 끝도 그렇게까지 쓰리지 않게 마무리하고 나왔더니만 아까 소리를 지르던 고객이 화장실에 와서 파우더 거울 앞에 앉아 뭔가를 열심히 종이에 쓰고 있었다. 성질이 난 슬은, 혹시 민원 같은 거면 실수인 척 물이라도 끼얹으려는 마음으로 그녀의 뒤에 섰다.

여자는 또박또박한 글씨로 메모를 남기고 있었다.

응대 및 태도 上.

유니폼 상태 上.

제품 설명 上.

윤성희: 화장 색조가 브랜드 콘셉트와 맞지 않음.

정다한: 손톱 밑에 때가 약간 끼어 있음.

슬은 당황해서 빠르게 시선을 피했다. 혹시나 여자가 자신이 메모를 본 걸 알아차릴까 봐 급하게 파우더 거울에 붙어서 얼굴을 점검했다. 다행히 여자는 슬에게는 전혀 신경도 쓰지 않은 채 가방 안에 메모를 쓴 노트를 넣었다. 그 위에도 무언가 별표나 메모들이 있었던 걸로 봐서 여기저기 명품관을 돌고 있는 모양이었다. 아마 서울 내에 있는 같은 브랜드 매장들을 전부 찾아다니는 거겠지.

문밖으로 나가는 길에 굳이 다한을 돌아보았다. 잘못한 것도 없이 곧바로 고개를 숙이면서 사과하던 얼굴이 마음에 걸렸다. 위로를 하면 너무 오지랖일까, 고작 술자리 한 번 한 사람인데. 하지만 생각해보면 그냥 버스 옆자리에 앉은 사람에게도 위로하는 말 정도는 건네기도 하지 않나. 고민하며 본 다한의 얼굴은 너무도 아무렇지 않게 서늘했다. 언제 웃었냐는 듯 굳어 있는 얼굴. 눈동자엔 초점이 없었고 얼굴 근육은 아무런 의욕이 없이 늘어져 있었다. 얼굴 위에 영하 십삼 도의 그늘이 진 것처럼 보였다. 슬은 등골이 오싹해져서 묵묵히 그 자리를 떠났다.

그날 저녁, 다시 공사를 시작하려고 할 때쯤 지하 1층 입구에서 시끄러운 말다툼 소리가 났다. 무슨 일

인지 확인하려고 하자마자 슬은 자기도 모르게 주춤
거리며 두세 걸음 물러났다. 슬을 따라오며 소리를
지르던 그때 그 노인이었다. 버스 정류장까지 지치지
도 않고 쫓아오던, 빈오재를 외치며 무시무시하게 슬
을 노려보던. 노인은 주변을 두리번거리는가 싶더니
이내 슬을 알아보았다. 노인의 비썩 마른 손아귀가
곧바로 슬의 어깨를 향했다. 슬은 몸을 피하려고 했
지만 노인은 슬의 옷자락을 빠르게 낚아챘다.

　"내가 하지 말랬지!"

　노인의 호통에 슬은 목이라도 졸린 듯했다. 슬이
바들바들 떨기 시작하자 누군가 슬과 노인 사이를 가
로막았다. 하지만 노인은 낚아챈 슬의 옷자락을 놓을
생각이 조금도 없었다.

　"이 손 놓고 얘기하세요!"

　노인을 거칠게 떠밀자 노인은 바닥으로 나동그라
졌다. 그 와중에도 붙잡은 슬의 옷자락은 절대 놓을
생각이 없었다. 노인의 손에 같이 나동그라질 뻔한
찰나, 누군가 뒤에서 슬을 붙잡아서 슬 대신 슬의 작
업복 한 귀퉁이가 부욱 찢겨나갔다.

"할아버지, 뭐예요?"

"내가 저년한테 말했어, 하지 말라고 말했다고!"

"팀장님, 아는 사람이에요?"

슬은 덜덜 떨면서 고개를 흔들었다. 노인의 눈빛이 소름 끼치게 슬을 쫓아왔다.

"예전에, 갑자기 저 앞에서, 공사하지 말라면서, 쫓아… 쫓아온 적이 있는데."

"미친 사람이잖아."

"경찰, 빨리 경찰 부릅시다."

누군가 112에 전화를 걸었다. 노인은 그 사이에 바닥에서 벌떡 일어나 바닥을 파고 있던 쪽으로 몸을 날리듯이 뛰어갔다. 노인의 속도는 여전히 노인이라고 믿기 어려웠다. 노인을 붙잡으려던 직원들 두 명이 제풀에 엎어졌다. 노인은 바닥을 보고선 주변에 있던 시멘트를 긁어 모아 손으로 뚫린 구멍을 막기 시작했다. 손톱으로 시멘트 바닥을 긁어대니 얼마 지나지 않아 손이 피투성이가 되었다. 노인을 둘러싼 사람들도 더는 노인을 말릴 엄두를 내지 못하고 있었다. 한 명이 나지막하게 말을 꺼냈다.

✳

"신고했지?"

"네, 십 분 안에 온대요."

"할아버지, 저희 경찰 불렀어요. 공사 방해하지 마시고 얼른 나가세요."

노인은 예의 갈퀴 같은 눈으로 다시 슬을 노려보았다. 노인은 피가 손톱 아래에 맺힌 채 달려와서 슬의 어깨를 양손으로 붙잡았다. 경찰을 불렀다는 생각에 약간 마음을 놓고 있던 직원들은 기겁을 해서 슬과 노인을 떼어놓으려고 했지만 이번엔 쉽게 물러나지 않았다. 슬은 코앞에 다가온 노인의 얼굴을 앞에 두고 공포로 머릿속이 텅 비어버렸다. 노인은 슬의 얼굴에 대고 끊임없이 소리를 질러댔다.

"내가 안 된다고 했잖아. 사람이 그렇게 경고를 하는데도 너는, 계집년들은!"

노인의 손아귀 힘은 어마어마했다. 슬은 노인의 손가락이 자신의 어깨를 뚫고 들어오는 게 아닐까 생각했다. 어깨가 아스러질 것 같았다. 슬의 어깨가 이리저리 흔들릴 때마다 슬의 머리도 이리저리 함께 흔들렸다. 팀장님, 팀장님, 부르는 소리들이 노인의 목소

✳

리와 섞여서 이리저리 슬의 머릿속을 울리고 돌아다
녔다. 간신히 슬과 노인 사이를 다시 떼어놓았을 때
슬은 바닥을 기며 울었다.

"저 사람, 저 사람 데려가! 경찰, 경찰!"

"팀장님, 신고했어요. 아이고… 누가 물 좀 가져와
봐!"

노인은 장정 두 명이 붙잡은 와중에도 몸부림을 치
면서 소리를 질러댔다. 경찰이 도착했을 때 노인은
뚫고 있던 바닥에 벌렁 누워 있었다. 대자로 누워서
남은 바닥을 아무렇게나 움켜쥔 노인은 이를 악물다
못해 입안에서 바득바득 소리가 났다. 경찰 한 명이
슬 쪽으로 다가와서 괜찮은지, 폭력과 관련해서 사정
청취를 해야 할 텐데 할 수 있겠는지를 물었다. 그 와
중에도 노인은 절대 안 된다는 말을 반복하고 있었
다. 이제는 호통보다는 차라리 으르렁대는 소리에 가
까웠다. 노인의 짐승 같은 소리는 슬에게만 무섭게
들리는 건 아니었는지 경찰들도 손을 대기 영 부담스
러워하는 것처럼 보였다.

"시퍼렇게 젊은 양반들이, 뭘 안다고 여길 파내려

고 들어. 빈오재에 대해선 들어본 적도 없는, 머리에 피도 안 마른 인간들이, 무슨 천벌이 내릴 줄 알고 여길 파내!"

빈오재라는 말이 노인의 입에서 나오자, 다시 슬의 손이 덜덜 떨리기 시작했다. 슬에게 사정청취에 대해 얘기하던 경찰은 슬이 놀라서 그런다고 생각했는지 슬의 손을 꼭 잡았다. 그녀의 손은 부드럽고 차가웠다. 그렇다고 슬의 손이 떨리는 게 멈추는 건 아니었다. 마치 빈오재라는 단어에 슬이 아니라 손이 반응하는 것 같았다. 이젠 슬의 어깨까지 떨리기 시작했다.

"괴물이야, 이 아래엔 괴물이 있어. 원한으로 뭉친 괴물이 있다고."

경찰들은 드러누운 노인을 끌어내리려고 했지만 노인은 있는 힘껏 여기저기를 움켜쥐었다. 난감해하며 한 명이 노인의 옆에 앉아 이러시면 안 된다고 차분하게 말해보려고 했지만 노인의 귀기 어린 분노에 말문이 막히고 말았다.

"어린 새끼들이, 아무것도 모르고 빈오재를 해방시

키려고 해. 이 밑에는 썩은 개굴창이 흘러. 너희들이 밑구멍으로 만든 썩은 개굴창이 흐른다고. 왜정 때부터 있었어. 왜정 때!"

경찰 한 명이 어이가 없다는 듯 말을 툭 뱉었다.

"왜정 때 기껏해야 태어나셨겠구만, 왜정 때 뭘 아신다고 그러세요."

"그래, 내가 왜정 때 태어났다. 왜정 때 갓난아기였어도 설마하니 그 이름을 모를 수는 없지. 너희는 이 밑에 뭐가 있는지 몰라. 썩은 내가 나고 고름이 흐르고, 원귀들의 시간이 형체도 없이 뭉쳐 있는 그 끔찍한 존재를 모른다고! 미츠코시 때부터 백화점에서 일하던 계집년들이 다 같이 가랑이로 낳은 괴물이 이 아래에 살아. 계집년들 밑구녕 냄새를 풍기는, 짓뭉개진 원한이 산다!"

책임자로 보이는 경찰이 고개를 흔들자 다른 경찰들이 다시 노인에게 달려들었다. 노인은 도마뱀처럼 바닥에 납작 엎드려 인간의 것이라곤 상상할 수 없는 기괴한 울음소리를 뱉어냈다. 경찰들은 노인을 떼어내려고 열심히 노력했지만 고개를 절레절레 내저으며 다시 노인에게서 떨어졌다. 경찰 한 명이 책임자에게 난처한 표정으로 말을 했다.

"어르신이 힘이 장사예요."

"빈… 빈오재… 빈오재가 눈을 뜨면, 저주받은 구멍이 돌아오면, 태초의 원한이, 악의 근원이 돌아오면 이 세상서는 누구도 무사할 수 없어. 제일 처음 발견했을 때 건물을 없앴어야 했다. 미츠코시 백화점을 없애야 했어. 거기서 일하던 계집년들 다리가 땡땡 부을 때, 속곳을 못 갈아입을 때, 그때 백화점을 발파해버렸어야 했어. 누가 빈오재를 키워서, 누가 우리 아버지를 죽였냔 말이야!"

어차피 무슨 말인지 알 수 없는 말들이었지만 아버지라는 단어가 등장하자 경찰들은 서로 얼굴만 마주볼 뿐이었다. 흔히 만나는 광인이었지만 이렇게 힘이 센 광인은 처음이었다. 누군가가 지원을 요청하는 무전을 보냈다. 더 많은 경찰이 함께 노인을 뜯어낼 모양이었다.

"우리 아버지가, 뚜껑을 열었다가 미쳐버린 우리 아버지가, 정신병원에서도 쫓겨나서 방구석에서 콩

꽁 묶여 살다 돌아가신 내 아버지가, 김개봉이오! 내가 네놈들이 죽인 김개봉이의 아들 김원식이란 말이다!"

"네네, 어르신 알겠고요. 저희가 어르신 하시고 싶은 말씀 다 들어드릴 테니까 일단은 경찰서로 가십시다. 어르신 가족 분들은 계시죠?"

광인의 헛소리 와중, 열병에 걸린 것처럼 전신을 떨고 있는 건 오직 슬뿐이었다. 김개봉, 사흘을 앓다가 정신을 놓았다는 마지막 기록의 주인공. 그 기록을 남긴 이는 누구이며, 김개봉이 본 것은 무엇인가. 슬의 얼굴이 하얗게 질리는 걸 본 경찰이 담요를 꺼내다 슬의 어깨를 감쌌다. 슬은 차마 노인의 얼굴을 마주할 수 없어 고개를 숙였다. 가랑이 사이로 얼굴이 움직이자 익숙한 보지 냄새가 났다.

아니, 그 정도가 아니었다. 분명 보지 냄새와 비슷했지만, 단순히 그 냄새라고만 말할 순 없는 어마어마한 악취가 풍기기 시작했다. 슬은 깜짝 놀라 얼굴을 들었다. 슬의 보지에서 나는 냄새가 아니었다.

지하 1층 전체가 악취로 차올랐다. 반투명한 점액

✱

질의 액체가 노인의 등을 적시면서 농구공만 한 면적으로 올라와 있는 게 보였다. 악취의 근원은 분명 이쪽이었다. 경찰을 부르고 난리가 난 와중에 백화점 경호팀에서 상황을 확인하러 내려왔다가 코를 싸쥐었다.

"이게, 아오, 이렇게 심하게 냄새가 난 적은 없었는데."

상황을 몇 명에게 물어보고서 경호팀은 금방 다시 올라갔다.

"미친 할아버지 한 명이 들어왔단 거죠? 아오, 냄새."

지원 나온 경찰들도 숨을 멈추고 입으로 숨을 쉬며 괴로워했다.

"아니, 이런 상황이면 방독면이라도 가져오라고 하셨어야죠."

"이렇게 냄새가 심하게 나기 시작한 건 얼마 안 됐어. 아, 진짜 냄새 미치겠다."

공사를 하던 사람들, 같은 팀 사람들도 모두 냄새 때문에 서 있기도 괴로워했다. 악취는 습한 공기를

*

그 자리에 함께 가져왔다. 쨍하게 얼어붙은 건조한
겨울 날씨가 무색하게 한여름 같은 습기가 빼곡했다.
폐수나 오물의 냄새와는 질적으로 다른 악취였다. 땀
과 피의 냄새, 고름과 진물의 냄새에 더 근사한, 생명
의 냄새였다. 죽어버린 것은 절대로 이런 악취를 풍
길 수 없었다. 오로지 살아 있는 것만이 이토록 강렬
하게 자기주장을 하며 곳곳에 악취로 스며들 수 있었
다. 처음에는 악취에 코만 틀어막던 사람들은 오래
지나지 않아 그 본질을 파악했다. 누군가 중얼거리는
소리가 날카롭게 슬의 귀에 들어왔다.

"바닥에 뭐 살아 있는 거라도 있나?"

"아, 이거 좀 오징어 냄새 같은데. 진짜 토할 거 같
은 오징어 냄새."

"맞아, 오징어. 그 냄새 비슷하다."

코를 틀어막고 빨리 나가자고 서로에게 말하면서
도 경찰들은 어떻게든 노인의 사지를 들어내기 시작
했다. 장정 다섯 명이 사지에 머리까지 각각 떠메는
바에야 노인도 더는 버틸 수 없었다. 발버둥을 치는
노인을 끌어내는 건 얌전히 들려 나가는 노인을 끌어

내는 것보다 시간이 더 오래 걸렸다. 노인이 그 자리에서 강제로 끌려 나가자 노인의 등에 막혀 있던 점액은 조금 더 많이 흘러나왔다. 악취도 더 강해졌다.

"이 냄새, 이 냄새 모르겠나! 맡으면 바로 알 거 아닌가, 다들! 이 냄새가 어디에서 왔는지, 무슨 냄새인지! 당신들은 천벌을 받게 될 거야. 그 끔찍한 실체를 보게 되면 모두 제정신으로 살 수 없을 거야! 지금이라도 중단하고 구멍을 막아. 밑구녕에서 흘러들어간 저 개 같은 구멍을 막으라고! 당장!"

누군가 몇 번 헛구역질 끝에 입을 틀어막더니 화장실로 달려갔다. 더 이상 냄새를 견디기 어려웠던 모양이었다. 슬 역시도 감당하기 어려운 악취였다. 이 공간에 있는 것만으로도 살갗이 냄새에 접촉해 썩어들어가는 것만 같아 슬은 입으로 숨을 쉬면서 손과 팔을 쓸어내렸다.

"내가 아니라 저 계집년을 잡아. 저 계집년이 이 짓을 하고 있잖아! 일부러 빈오재를 해방시키려고 하는 건지, 뭘 모르고 멍청하게 저러는 건지 내가 아니라 저년을 심문해야 돼!"

노인의 분노는 다시 슬에게 옮겨갔다. 악취 가운
데서도 사람들은 얼른 슬을 가운데로 숨겼고, 노인
을 끌어내는 가운데 경찰은 빠른 속도로 미란다 원칙
을 고지했다. 형사소송법 운운하는 얘기가 나왔고 영
화에서 보던 것 같은 묵비권 어쩌고 하는 소리가 들
렸다. 노인이 슬을 보지 못하도록 사람들이 가로막은
사이로 노인의 고함 소리가 계속 들어왔다.

"무슨 일을 하는지도 모르면서, 나이 든 사람 이야
기 허투루 듣지 말어! 세상이 파멸할 거야, 파멸한다
고!"

코를 틀어막은 채 코맹맹이 소리로 누군가 농담을
던졌다.

"일요일에 교회 보내드려야겠네. 집에서 서프라이
즈 너무 보셨나 보다."

키득거리는 웃음소리에 아랑곳하지 않고 노인은
계속 파멸과 종말, 모든 정신을 무로 돌리는 힘에 대
해 얘기했다. 그러면서 틈틈이 슬을 저주하는 걸 잊
지 않았다.

"이런 끔찍한 짓을 하는 계집은, 모든 원귀들의 숙

주가 될 것이야. 이곳이 처음 들어섰을 때부터 모인 모든 원한이 바로 네년 몸에 들어가서 네년을 파괴하고 말 거라고!"

원귀의 숙주라는 저주를 듣고 슬은 사람들 틈으로 살짝 고개를 돌려 노인을 보았다. 노인은 천장을 바라보며 몸부림을 치고 있었다. 노인의 눈가에서 시뻘건 피가 흘러내렸다. 피눈물을 본 경찰들 중 한 명은 섬뜩했는지 다리를 잠깐 놓쳤다가 서둘러 주워들었다.

"내 말 똑똑히 들어! 이 짓을 시킨 놈들이나 하고 있는 놈들이나 다 들어! 돈이 필요한 거면 이 노친네가 전 재산을 털어서라도 줄 테니까 제발, 제발 이 짓 중단해! 저주가 내릴 거야, 저주가!"

노인이 끌려가고 나서 남은 자리엔 침묵과 지독한 냄새만이 남았다.

"어오, 저 나가서 숨 좀 쉬고 올게요. 팀장님도 괜찮으시면 잠깐 나갔다 오세요. 여기서 이 냄새 맡고 있는 것보다는 잠깐 올라갔다 오시는 게 마음 진정하시는 데에도 낫지 않을까요."

97

✳

슬 옆을 지키고 있던 경찰이 슬을 부축했다. 슬은 그녀의 어깨에 기대서 1층으로 올라왔다. 냄새가 나지 않으니 정신이 맑게 돌아왔다.

"일단은 폭력인데요, 서로 가서 조서를 쓰시는 게 좋을 거 같아요."

슬은 몸서리를 쳤다.

"경찰서로 가면 아까 그 사람을 또 봐야 하는 거 아닌가요? 너무 끔찍한데요."

"당연히 안 보도록 하죠. 조서 쓰는 공간 따로 있으니까 너무 걱정하지 마시고요."

슬이 고개를 끄덕이며 그녀를 따라가려는 찰나, 옆에 서서 심호흡을 하던 직원이 말을 꺼냈다.

"팀장님, 이런 상황에 갑자기 일 얘기 해서 좀 그런데, 이거 냄새 맡으면서 공사 가능하겠어요? 그냥 타설해서 묻는 게 나았을 거 같은데요. 지금이라도 방침 바꿔서 타설해서 묻죠."

그때 슬은 계약서를 생각하고 있었다. 모든 부속 문서에 바닥을 뚫지 말라고 쓰여 있던 그 계약서.

어떻게 변명을 하면 좋지. 어떻게 물어내야 하지.

*

노인이 나타난 순간부터 지금 이 순간이 가장 악몽 같았다. 조서를 쓸 때도 슬은 계약서 생각만 했고, 노인과 합의할 의향이 있느냐는 질문에도 계약서 생각만 했다.

"그냥, 앞으로 공사 현장에 오지 못하게만 해주세요. 공사 끝날 때까지요."

약간 넋이 나간 표정으로 대충 대답하는 슬을 보며 경찰은 안쓰러운 표정을 지었다. 네, 안쓰러워하세요. 지금 생각하시는 것보다 훨씬 더 좆됐으니까.

다음 날 오전 일찍부터 백화점은 발칵 뒤집혔다. 정말로 손님들이 들어왔다가 곧바로 발걸음을 돌리는 지경이 되었기 때문이다. 아침이 되자 신관 쪽까지 어렴풋이 냄새가 나는 지경이 되었다. 본관 1층은 이미 악취로 아무도 발을 들일 수 없었다. 공사 현장에는 어제 현장에 같이 있었던 사람들도 차마 들어가지 못하고 있었다.

신관 사무실에서 하 부장과 김 팀장 그리고 슬이 마주 앉았다. 슬은 고개를 숙이고 죄인처럼 허리를 굽혔다. 하 부장이 깊은 한숨을 쉬었다.

✳

"그래서 아래를 뚫었다는 거예요?"

"아… 그게… 뚫으려고 한 건 아닌데, 어제 공사 현장에 미친 노인이 한 명 뛰어 들어와서요. 그 난리 통에 바닥이 뚫린 모양입니다."

슬은 급하게 노인 핑계를 댔다. 절대로 뚫어선 안 된다는 몸부림을 생각하니 죄책감이 밀려왔다. 죄송합니다, 할아버지. 하지만 할아버진 폭력범이시고 저한테 저주도 퍼부으셨잖아요. 합의금도 따로 받지 않았으니까 이 정도는 봐주세요.

"하… 그래요…. 그 노인네는, 경찰이 잡아갔다고?"

"네, 아직까지 구금되어 있는지 아닌지는 모르겠는데. 어, 근데 공사 현장에 접근 못 하는 조건으로 합의해서 아마 다시 오진 않을 거예요."

"하…."

하 부장은 두 손으로 머리를 감싸더니 고개를 푹 숙였다. 김 팀장은 하 부장 눈치를 보느라 어찌할 바를 모르고 있었다. 슬은 그냥 이대로 확 나가 죽어버렸으면 좋겠다고 생각했다. 그냥 시키는 대로나 할 걸, 뭐한다고 바닥을 뚫고 지랄을 해서. 그냥 타설해서 메워버렸으면 냄새가 또 나더라도 내 탓은 아닌데. 무슨 대단한 공사를 하겠다고. 멍청한 이슬, 하는 일이 어떻게 이따위냐. 이 순간만 벗어나면 다시는 혼자서 판단해서 뭘 추진하지 않겠다고 슬은 백 번 천 번을 곱씹었다.

"저… 부장님… 손해 배상, 해야 하나요…?"

하 부장은 슬을 향해 고개도 안 들고 말했다.

"유광에서 한 것도 아니라면서요. 그걸 어떻게 유광한테 물어내라고 합니까."

거짓말인 걸 나중에 들키면 어떡하지, 불안해하면서도 어쨌든 슬은 한순간 마음이 훅 놓였다. 슬의 실수로 회사 돈이 나가는 일은 간신히 막은 셈이었다.

"그러면, 공사는 계속… 진행을?"

"계속이 문제가 아니라 최대한 빨리 해주셔야 합니다. 지금 이거 어떡할 거예요. 저희 백화점 명품관 하루 매출이 얼만지 아세요? 냄새가, 냄새가… 지금 냄새가 무슨 성분으로 이뤄졌는지도 모르잖아요. 공기 중에 주얼리 상하게 하는 성분이라도 있었다간 저희

다 끝장이에요."

"아, 네, 네."

하 부장은 얼굴을 들고 지친 표정으로 슬을 내려다
보았다.

"무슨 산 같은 걸로 되어 있는 거 아닌가. 진주라도
다 녹아버리면, 아이고."

"산…이요?"

"염산, 황산 같은 산 있잖아요. 알칼리 말고 산. 왜,
여자분들 거기는 산성이라던데. 이거 냄새… 딱 그거
잖아요. 아, 여자 분들은 자기 몸에서 나는 냄새라 잘
모르나?"

바닥만 안 깨부쉈더라도 계약서를 하 부장 얼굴에
다 집어던지고 계약 파기하라고 소리를 질렀을 텐데.
어안이 벙벙한 슬의 얼굴에 대놓고 하 부장은 지친
말투로 말을 이어나갔다.

"지금 이러고 있으실 때가 아니에요, 팀장님. 얼른
가서 공사 계속 진행해주세요."

슬은 이를 악물고 자리에서 일어나 본관을 향해 반
쯤 달리기 시작했다.

＊

현장에 있는 사람들을 독려해서 어떻게든 본관 지하로 다시 밀어 넣어야 했다. 사람들은 죽겠다고 아우성을 치면서도 장비를 들고 다시 지하로 내려갔다. 슬은 최대한 빨리 타설해서 이틀 안에 끝내버리자고, 오늘도 최대한 빨리 바닥 각 잡고 어제 그 부분 막아버리면서 시작하면 될 거라고 사람들을 독려했다. 그리고 지하로 내려가자 염려하던 상황이 이미 벌어져 있었다. 바닥이 온통 점액질로 끈적했다.

설마 더 나올 거라고는 생각을 못 해서 어제 막아놓지 않고 간 게 모든 문제의 근원이었다. 슬은 빠르게 머리를 굴렸다.

"모터펌프, 모터펌프 가져와요!"

바닥에 깔린 액체는 점성이 있어서 그렇게 쉽게 퍼올려지진 않았지만 기계로 있는 힘껏 돌려대니 세 시간 만에 바닥이 드러났다. 드러난 자리, 무엇보다 깨놓은 자리를 빨리 메울 생각으로 타설공을 급하게 찾았다. 일단 바닥이 드러나고 나니 냄새도 조금 덜한 것 같았다. 막상 타설을 하려고 보니 바닥에 이상한 점이 있었다. 어제는 분명 구멍이 하나뿐이었는데 그 사이에 늘어나 있었다.

타설공이 어제의 구멍부터 타설을 시작하는데 다른 구멍에서 액체가 새롭게 솟구치기 시작했다. 이번에는 배어 나오는 속도가 어제와는 비교할 수도 없었다. 끈적한 액체는 점액이라는 게 믿어지지 않을 정도로 분수처럼 솟아 나왔다. 지독한 냄새가 다시 삽시간에 지하에 퍼져 나갔다. 타설공은 장화로 금세 밀려오는 액체를 보고 기겁해서 발을 동동 굴렀다. 어쩐지 점액은 아까보다 더 점성이 짙어진 것처럼 보였다.

그때, 슬은 멈춰 있는 에스컬레이터 위쪽에서 익숙한 얼굴을 발견했다. 정다한 씨였다. 정다한 씨는 엉망진창인 지하 1층을 내려다보며 웃고 있었다. 고개를 쳐들고 아래를 내려다보고 있어서 눈 위로 흰자위가 번뜩거렸다. 파리한 얼굴에는 오늘따라 파랗게 실핏줄이 올라와 보였고, 푸석한 머리카락과 피부 위로 그날 봤던 것과는 완전히 다른 종류의 미소가 보였다. 분명 눈코입이 제대로 붙어 있었는데, 어쩐지 얼굴이 뒤집힌 것처럼 보이기도 하고 눈코입이 흘러내리는 것처럼 보이기도 했다. 몸의 경계들이 무너지는 듯한 미소였다.

정다한 씨는 웃으면서 천천히 지하로 내려왔다. 어제 그 노인을 만났을 때와는 다른 종류의 공포가 밀려왔다. 슬은 등줄기에 서늘하게 소름이 끼치는 걸 뚜렷하게 느끼며 다한을 올려다보았다. 다한은 슬의 시선을 아는지 모르는지 점점 크게 입을 벌리며 웃었다. 내려오면서 그녀는 양팔을 활짝 벌리고 눈을 감은 채 크게 심호흡을 했다. 마치 이 끔찍한 악취를 기다리기라도 한 것처럼 그녀는 냄새를 온몸으로 흡입했다. 다한이 다가오자 바닥의 액체들은 마치 끓어오르듯이 움직였다. 냄새가 심해져서 의아해하며 들어온 사람들은 다한과 슬을 보고 멈춰 섰다.

"귀신…이야?"

"아니야, 새세계 백화점 유니폼 입고 있잖아."

아니라는 대답이 따라오긴 했지만 다한의 표정은 귀신이라고 충분히 의심받을 만했다. 다한의 파리한 얼굴에 돋아나던 실핏줄은 멍 자국처럼 전신으로 번져가기 시작했다. 점액들 사이에서 재가 솟아올라 흩날렸다. 흩어지는 재를 정면으로 맞으며 다한의 걸음에는 점점 더 무게가 실렸다. 다한은 원귀의 웃음으로 점액질의 바닥에 넙죽 엎드렸다. 그리고 무언가 자그마한 소리로 중얼거리기 시작했다.

어제에 이어 또 미친 사람을 만난 현장 인원들은 반은 지쳤고 반은 두려웠다. 이제 안 하겠다, 절대로 못 하겠다며 어제 구토했던 한 명이 뛰쳐나갔다. 잡으려고 가는 사람을 누군가 말렸다. 소란스러운 사람들 가운데서 다한은 허옇고 퍼런 기괴한 얼굴을 하고 바닥에 주저앉아서 계속 무언가를 중얼거렸다. 가만히 들어보니 주문처럼 들리기도 했다.

"…부정하옵신대곤건지천정부양음신성월일동추하춘정부시사정부야주제오방오모든부정이자리에빈오재…"

빈오재라는 단어가 다시 등장했다. 다한의 중얼대는 목소리가 리듬 없이 주욱 이어져서 대부분은 듣지 못한 모양이었지만 슬의 귀에는 분명하게 들렸다. 빈오재라는 단어는 다한의 중얼거림 속에 몇 번이고 계속 등장했다. 그럴 때마다 점액질의 바닥이 넘실거리는 게 선명하게 느껴졌다.

바닥이 넘실거릴수록 다한의 목소리는 점점 커져서 이젠 뚜렷하게 들릴 정도가 되었다. 억양도 숨쉴 틈도 없이 일정한 속도로 읽어대는 말이었지만 빈오재를 부르는 말이라는 것만은 분명하게 알 수 있었다. 다한은 빈오재를 부르고 있었다.

"나리소서나리소서빈오재여나리소서천지부정망가질때빈오재여나리소서갖은고생갖은풍파시름주고혼란주며인간풍파속으로다계집마음썩어가세상풍파속으로다보장지는뭉개지고우리네가눈물속에지낸세월오늘에야세상천지부정으로점철하니나리소서빈오재여나리소서…"

점점 다한의 목소리가 빨라졌고, 다한의 머리카락이 천장을 향해 곤두섰다. 누군가 두려움에 흐느끼는 소리가 들렸다. 그 사이 정신을 차린 한두 명이 더 문밖으로 도망을 쳤고, 슬 역시도 지금이라도 여기서 도망쳐야 한다고 생각했다. 하지만 생각뿐, 발이 도저히 떨어지지 않았다. 타설공을 돌아보니 완전히 굳어서 다한의 주문만 바라보고 있었다. 타설공의 가랑

＊

이 사이가 축축하게 젖어 들어가는 게 보였다.

바닥에 고인 액체는 이제 소용돌이치고 있었다. 더 타설하려고 했던 게 무망하게 시멘트가 여기저기서 와그작 부서져 내렸다. 지하 1층 한가운데로 액체들은 휘몰아쳤다. 지독한 냄새에 코가 좀 익숙해진 줄 알았건만 지금까지와는 비교할 수도 없을 만큼 강력한 악취가 휘몰아쳤다. 살면서 한 번도 맡아본 적이 없는 냄새였다. 아니, 세상에 존재할 수 없는 악취였다. 슬은 코를 막는 대신 콧대를 더듬었다. 이런 냄새라면 코의 점막에서 피라도 쏟아질 것 같았다. 악취는 무자비하게 주변의 모든 감각을 빼앗아갔다. 타설공은 코를 부여 쥐고 혼절했다.

바닥 한가운데에서 거대한 촉수가 악몽처럼 솟아올랐다. 그저 다리 하나가 올라왔을 뿐인데 바닥이 다 무너져 내렸다. 다리 전체가 올라오지도 못했다. 촉수의 일부가 지하 1층을 다 점령하고 꿈틀거렸다. 슬은 올라온 그 오징어 다리 같은 것을 멍하니 바라보았다. 메두사의 얼굴을 바라본 사람이라도 된 것처럼 슬은 꼼짝도 할 수 없었다.

✻

촉수는 오징어처럼 회색이 아니었다. 오히려 고깃덩어리에 더 가까운 외양을 하고 있었다. 점액질로 덮인 거대한 붉은색 살덩이. 여기저기에 힘줄이 드러나 보였고, 힘줄 중 일부는 동그란 빨판이 되어 있었다. 분명 촉수의 외양이었지만 피부는 인간의 저며진 살갗처럼 보였다. 빨판을 중심으로 촉수에는 허연 비지 같은 게 여기저기 잔뜩 묻어 있었다. 점액질의 액체에 시허연 비지들이 이리저리 풀렸다. 촉수는 마치… 슬이 알고 있는 것 중 이렇게 생긴 건 단 한 가지뿐이었다. 촉수는 칸디다성 질염에 걸린 보지 같았다.

다한은 기쁨에 겨워 눈물을 흘리기 시작했다. 허우적거리며 촉수로 다가가 거리낌 없이 촉수에 손을 댔다. 촉수도 자신의 오랜 신도를 알아보는 듯 움직이며 다한의 몸에 자신의 살을 부볐다. 전신에 촉수의 허연 분비물을 덮어쓴 채 다한은 행복하게 웃었다.

"우리가 죽인 우리로 구성된 절망의 신이시여, 우리의 절망과 고통이 고여서 드디어 이 자리에 임하셨군요. 어서, 어서 들어오세요. 어서."

109

✳

슬은 사고하는 자신과 가만히 서 있는 자신이 완전히 분리된 느낌이었다. 분명 그 자리에 서서 다한과 촉수를 바라보고 있었지만 바라보는 눈이 이미 자신의 눈이 아닌 것처럼 느껴지기도 했다. 몸을 움직일 수 없었고, 시선도 돌릴 수 없었다. 아무것도 자신의 뜻대로 할 수 없는 채, 이 불길하고 부정한 광경의 증인으로서 강제로 세워졌다. 이대로 영영 신체를 잃게 되는 걸까. 하지만 이상하게도 그 점이 슬프지는 않았다. 바닥에서 올라오는 냄새는 슬도 이 냄새의 일부라는 걸 정확하게 알려주고 있었다.

철벅, 철벅, 여기저기에서 쓰러지는 소리들이 들렸다. 타설공에 이어 수많은 사람들이 혼절하기 시작했다. 혼절하는 이들은 차라리 다행이었다. 설비공 한 명이 높은 소리로 웃음을 터뜨렸다.

"이제 우리는 다 뒈졌다! 송장이 모여서 신이 되었네! 경배하라, 경배하라! 굶주린 땅속 깊숙이 송장이 모여 있었구나!"

슬은 미쳐서 눈을 까뒤집고 겅중겅중 뛰어다니며 소리소리 지르는 설비공을 바라보며 1935년 발작을 일으켜서 세브란스로 실려 갔다던 중본 씨를 생각했다. 김개봉 씨는 사흘 안에 미쳤고, 정신병원에서도 쫓겨나 묶여 살다가 죽었다고 했지. 중본 씨는 어떻게 살았을까. 물론 오래전에 죽었을 것이고 이제는 하나도 중요하지 않은 얘기였다. 그때 어떻게든 멸망을 막아보려던 이들은 모두 죽었고, 멸망으로 가는 단추를 제대로 끼운 건 바로 슬이었다. 슬은 비릿하게 웃었다. 모두가 정신을 잃어버리고 빈오재의 강력한 힘 아래에서 통합되는 세계가 한순간에 눈앞에 그려졌다. 슬이 한 번도 상상해본 적 없는 풍경이 뚜렷하게 떠올랐고, 그럼에도 슬은 이 상황이 이상하다는 생각이 들지 않았다. 당연하지, 빈오재가 깨어났으니까.

주변을 보니 멀쩡한 시선으로 빈오재의 일부분을 바라보고 있는 건 다한과 슬뿐이었다. 점액질의 바닥에 주저앉아 무슨 말인지 모를 말을 천장을 향해 뇌까리고 있는 사람, 발작을 일으키며 물가에 나온 생선처럼 몸을 튕기고 있는 사람, 낄낄대고 웃다가 여기저기를 뛰어다니고 바닥을 뒹굴며 흐느끼는 사람,

혹은 죽었는지 기절한 건지 알 수 없는, 이리저리 쓰러진 송장 같은 신체들. 멀쩡하게 두 다리로 서 있는 건 오직 다한과 슬뿐…이라고 생각했는데, 구석에 서 있던 누군가를 늦게 발견했다. 그 노인, 김원식이었다.

김원식은 더 이상 두렵지 않았다. 이제 슬은 빈오재가 자신의 머릿속에 직접 개입하고 있는 걸 선명하게 깨달았다. 빈오재가 지배하는 섬뜩하고 아름다운 풍경을 그려준 것도 빈오재였고, 슬이 이 상황을 받아들일 수 있도록 마음을 달래고 있는 것도 빈오재였다. 내부에 들어온 빈오재는 슬의 머릿속에서 무언가를 조정하기 시작했다. 슬은 완전히 자신을 내려놓았다. 자신은 틀릴 수 있어도 빈오재는 틀릴 리가 없었다. 빈오재는 슬의 절망이고, 슬의 죽음이었다.

머릿속에서 빈오재의 전언이 직접 울렸다. 목소리가 아니었고, 냄새도 아니었다. 슬은 빈오재의 메시지 앞에 마음으로 무릎을 꿇었다.

'나는 시큼하고 찝찌름한 계집들의 내음 속에 사는 위대한 고대의 암컷. 그들은 나를 그것이라 불렀고,

✳

빈오재라 불렀고, 재앙이라 불렀고, 크툴루라 불렀다. 계집들이 흘린 고통의 물속에 절망의 도시를 만들었다. 이제 내가 여기 돌아왔으니 원귀들의 목소리는 세상을 광포한 절망으로 빠뜨릴 것이다. 독이 뚝뚝 흐르는 촉수로 모든 것을 감싸 올려 세상에 적합한 형벌을 내리리라. 그대의 정신은 함께할지니 깜깜한 암흑 속, 깊이를 알 수 없는 아늑한 절망에 나와 함께 있으리라. 이제 우리의 세계를 되찾을 것이다.'

빈오재가 말을 건네는 동안 노인은 더욱 끈적해진 점액질의 물을 헤치며 빈오재의 빨판 앞으로 나아갔다. 노인은 빈오재의 살갗에 머리를 대고 예를 표했다. 빈오재의 살갗이 급하게 수축했다. 노인은 무릎을 꿇고 양손을 비벼댔다. 손에서 불이라도 낼 것처럼 비비며 연신 고개를 숙여댔다.

"빈오재시여, 빈오재시여. 저는 팔십사 년 전에 빈오재님을 마주한 김개봉이의 자손인 김원식이라 하옵니다. 제 아비에게 빈오재의 이야기는 익히 오래전부터 듣고 자랐사오나, 아비가 부족하여 빈오재 님을 담을 그릇이 되지 못하였습니다. 빈오재 님에게 내쳐

✳

져서 아비는 돌아버렸고, 아비의 영혼은 빈오재 님을 모시지 못하는 지옥에 떨어졌습니다. 빈오재께서 만들어주실 절망의 세계에 저를 넣어주시옵소서. 저에게 깃들어주시옵소서."

빈오재의 혐오가 슬에게 뼛속까지 저리도록 전달됐다.

"빈오재시여, 저는 아비처럼 멸망하고 싶지 않사옵니다. 빈오재께서 도래하실 세상에 역할을 할 수 있도록 도와주시옵소서."

빈오재는 노인을 향해 빨판을 뻗었다. 노인은 자신에게 다가오는 빨판을 보고는 얼굴이 환해졌다. 빈오재의 촉수 여기저기에 빨판들이 수없이 돋아났고, 빨판들은 하나같이 허연 농을 뱉어내며 노인을 향해 움직였다. 노인은 점액질의 액체 위에 떨어지는 빈오재의 농에 입을 맞추며 눈물을 흘렸다.

"감사합니다, 빈오재시여."

노인의 몸에 달라붙은 빨판들은 노인의 바지를 녹였다. 노인의 축 늘어진 허연 엉덩이가 훤히 드러나 싶더니 빨판이 노인의 성기를 빨아들였다. 노인이 빈오재의 빨판에 손을 얹고 비명조차 지르지 못한 채 허우적거리는가 싶더니 바닥에 엎드러졌다. 노인의 성기 부근에서 검붉은 피가 흘러나오고 있었다. 쓰러진 노인은 점액질의 액체에 얼굴을 묻은 채 부들부들 떨었다. 슬의 머릿속에 빈오재의 메시지가 다시 전달되었다. 이번엔 다한의 입에서도 그 메시지가 튀어나왔다. 빈오재의 입을 대신하는 이는 다한이었다. 다한이 노인을 향해 눈을 부릅떴다. 검은자위 대신에 점액질의 막으로 싸인 흰자위가 도깨비불처럼 번뜩였다.

"네 아비도 그러하고, 너도 그러하구나. 너희는 그 긴 시간을 지나도록 어찌 그렇게 한결같이 주제를 모르는가. 절망의 도시에 너희의 자리가 설마하니 있다고 생각하는가. 너희의 자리가 없다는 걸 알고 있기에 그리도 나의 재림을 막으려 발악하였던 것 아닌가. 모든 너희는 지금껏 그랬듯 끝없는 절망의 연료가 될 뿐, 절망의 자리를 차지할 수 없으리니."

노인은 다리에 힘을 주고 자리에서 일어나 흐느끼며 절규했다.

✳

"나는 결단코… 결단코 네 뜻대로 쉽게 되진 않을 것이야. 나는 그렇게… 그렇게 될 수는 없어, 절대로. 나를 받아주지 않는다면, 너도 안 돼. 너도 안 된다고!"

촉수는 끈적하고 심드렁하게 움직였다. 노인은 핏발이 선 눈으로 시뻘건 촉수를 노려보면서 말을 이어나갔다.

"김개봉이가 어떻게 살다 죽었는지는, 보지 않아도 네가 더 잘 알겠지. 네가 심어둔 환상에 잘도 발목을 잡혔으니까. 아버지는 매일같이 눈을 뜬 채 악몽을 꾸셨다. 사람의 말로는 설명할 수 없는 것들이었지만, 나는 아주 어릴 때부터 아버지에게 들었기 때문에 아버지의 악몽을 어느 정도는 이해할 수 있었지. 아버지는 엄마 아빠를 간신히 말할 수 있게 된 내게 사람의 언어가 아닌 것으로 빈오재에 대해 말했다. 말도 제대로 못 하던 어린 나이에도 나는 무서워서 이틀간을 먹지도 자지도 못한 채 울었어. 아버지는 이미 온 친척들에게 정신이 나간 이로 치부되어 그저 한구석에 처박힌 채 연명하는 게 다였어. 아버지는 간신히 먹었고 간신히 쌌다. 화장실에 가지도 못했고, 인간의 말을 하지도 못했어. 그리고 원귀의 세계에, 빈오재의 세계에, 해가 뜨는 것과 지는 것이, 살얼음과 불처럼 끓는 용암이 절망으로 서로 구분되지 않는 세계에 사셨다. 절대로 그 세계의 일원이 될 수 없이 그 세계에 산다는 것이 뭔지 너는 누구보다 잘 알겠지. 아버지는 죽고 싶어 하셨지만 죽을 수도 없었다. 나중엔 집안 망신이라고 아버지 발목에 쇳덩이를 묶어놓고, 어머니는 매일같이 아버지의 배변을 치웠다. 내가 열여섯일 때 간신히 아버지가 돌아가셨고, 아버지는 죽을 때까지도 제대로 눈을 감지 못했어."

노인은 벌떡 일어나서 자기 옆에 있는 쇠 지렛대를 들었다. 그리고 자신을 향해 허연 눈알을 빛내고 있는 다한의 뒤통수를 그대로 후려쳤다. 머리에서 피가 터져 나오며 다한은 그대로 앞으로 고꾸라졌다. 다한은 말도 제대로 하지 못한 채 입가에 하얗게 거품을 물었다. 다한의 머리를 친 걸로 모자라 노인은 다한의 몸을 짓밟기 시작했다. 다한에게 접속해 있던 빈오재의 촉수가 움찔하고 움츠러들었다. 잠깐 피가 통하지 않는 듯 촉수가 새하얗게 변하더니 힘없이 바닥에 축 늘어졌다. 빈오재의 힘이 스러지고 있었다.

슬은 본능적으로 달려가서 노인의 몸을 떠밀었다. 노인이 바닥에 나동그라졌고 그 틈을 타 슬은 다한을 일으켜 기둥에 몸을 기대어두었다. 노인은 쇠 지렛대를 들고 이번엔 슬을 향해 돌진했다.

"내 절대, 절대로 그렇게 죽진 않을 것이야. 세상이 다 망하더라도 그렇게는 안 되지."

핏기가 없어진 빈오재의 촉수가 슬의 다리를 휘감았다. 빈오재는 아주 빠른 속도로 슬의 다리를 잡아당겼다. 노인의 쇠 지렛대는 슬 대신 애먼 바닥을 여기저기 찍어댔다. 지독한 냄새 속에 점액질의 바닥을 질질 끌려가면서 슬은 몸을 반대쪽으로 뒤챘다. 그 순간 빈오재의 눈이 보였다.

노랗게 빛나는 빈오재의 눈은 아주 컸다. 슬의 세상을 전부 다 채우고도 남을 거대한 눈이었다. 그 빛나는 눈 속에 오래된 건물의 원한, 원한이 빚어낸 단단한 고집, 금 간 벽돌 사이로 쏟아지던 슬픔, 그 자리에서 모멸을 견디던 이들의 절망, 망가진 허리와 무릎, 보지 썩는 냄새와 피 묻은 속곳, 개짐들의 수치 끝에 마음 곳곳이 피투성이가 되어 쓰러진 사람들의 모습들이 켜켜이 쌓여 있었다. 그리고 그보다 더 깊은 곳엔… 차마 말할 수 없는, 아니 말로는 만들 수 없는 광대하고 두려운, '그것'이 있었다.

빈오재는 노란 눈으로 슬을 바라보며 촉수로 슬의 몸을 폭 감싸 안았다. 촉수에서 나오는 하얀 농이 슬의 몸 구석구석으로 거품처럼 밀려들어왔다. 하얀 농 사이에 갇힌 슬을 보고, 노인은 이번엔 빈오재의 눈동자를 향해 쇠 지렛대를 들고 돌진했다. 빈오재는 노인이 들어오지 못하도록 재빠르게 막을 만들어냈다. 노인의 쇠 지렛대는 빈오재의 막에 힘없이 튕겨나갔다.

슬은 빈오재의 막 속에 들어와 있었다. 빈오재의 빨판들이 슬의 몸 이곳저곳을 가볍게 빨아들였고, 슬은 엄마 뱃속으로 들어간 기분이 이런 것일까 생각했다. 빈오재의 몸이 슬의 몸과 뒤섞이자 냄새도 아득하게 멀어져 갔다. 노인의 절규도 제대로 들리지 않았다. 빨판들은 아주 평온하게 슬을 포옹하면서 고통으로 가득한 세계를 슬의 몸속에 직접 전해주었다. 빈오재의 언어는 인간의 언어를 빌리지 않았을 때 더욱 완전했다.

빈오재는 하나의 이름이 아니었다. 더 오랜 옛날에 크툴루로 불린 바도 있었지만 그것조차도 빈오재의 진짜 이름은 아니었다. 지하 바닥에서 꿈틀거리며 빈오재는 점점 더 커졌고, 점점 더 다양해졌다. 빈오재의 품속에서야 슬은 빈오재가 무엇인지 겨우 이해할 수 있었다. 빈오재의 모든 빨판은 각자 살아 있는 개별체였다. 빈오재의 모든 신체 조각조각은 다 서로 달랐지만 동시에 한 가지였다. 모두의 판단은 길항하지 않았다. 빈오재는 판단하지 않기 때문이다. 오로지 빈오재는 따스한 절망으로 이루어진 하나의 끈적임이었다.

각각의 빨판은 모두 다른 기억을 가지고 있었다. 그 기억은 아주 오랜 옛날부터 다한의 기억까지 다양했다. 슬은 자신의 기억도 그 안에 섞여 들어가는 걸 느꼈다. 준규의 침입, 보징내 운운하는 비웃음, 길

✳

고 괴로웠던 월경통. 다른 이들의 고통도 주삿바늘로 찌르듯이 공유되었다. 제혈되지 못한 피들이 빈오재의 몸속을 휘돌았다. 미츠코시 백화점에서 개짐을 갈지 못한 처녀들의 사타구니부터 다한과 동료들의 쓸린 사타구니까지 느꼈다. 환한 조명 아래에서 화장실에 갈 수 있는 시간을 기다리며 몸을 뒤트는 여자들의 무릎들.

슬은 명백하게 전신으로 고통을 느끼면서도 이상하게 평화로웠다. 빈오재의 전신을 휘감고 도는 시허연 농은 멈출 일이 없었다. 식을 일도 없었다. 언제건 새로운 기억은 아래로, 아래로 흘러내렸다. 물이 그렇듯, 폭력이 그렇듯, 배설이 그렇듯, 빈오재는 그 모든 고통의 기억을 받아 새롭게 몸을 부풀려갔다. 빈오재가 작아질 일은 지구가 생긴 이래 결코 존재하지 않았다. 빈오재의 몸을 따라 슬의 몸도 끈적해졌다.

몸 여기저기에 점착력 있게 달라붙는 빨판들을 느끼면서 슬은 문득 준규와의 섹스를 떠올렸다. 슬은 준규의 침대 위에 놓인 보송하고 산뜻한 이불을 좋아했었다. 밖에서 어떤 괴로운 일이 있었더라도 그 산뜻한 이불 속에서면 다 잊을 수 있을 것 같았다. 그 이불은 바깥의 모든 것들과 단절하는 포근한 방공호 같았다. 이불 속에서 슬은 많은 것들을 잊으려고 했지만 실제로 잊히진 않았다.

빈오재의 품속은 준규의 이불 속과는 정반대였다. 축축하고 끈적했다. 모든 고통이 슬이 겪은 것 이상으로 밀려왔디. 슬은 당연하게 고통을 받아들이며 거기서 벗어날 수 없다는 걸 몇 번이고 재확인했다. 그렇지만 이미 존재하는 고통은 불안하지 않았다. 습한 공기 속에서 냄새나는 농을 만지작거리며 슬은 빈오재를 구성하는 모든 기억과 자신이 연결되어 있다는 걸 확인했다. 불쾌하고 괴롭게 슬은 몇 번이고 되풀이해서 안심했다. 슬이 안심하자 빈오재의 모든 부분들도 기뻐하며 안심했다. 우리는 함께 아프고 편안했다. 슬은 눈 속으로 들어오는 농을 거부하지 않았다. 뿌옇게 된 눈으로 빈오재의 막 바깥을 바라보자 울부짖는 노인 뒤로 작은… 소년이 보였다. 어딘지 익숙한 느낌이었다.

소년은 부들부들 떨며 무언가를 빈오재 쪽으로 겨

누고 있었다. 슬은 멍하니 뿌연 눈으로 그것을 바라
보다 섬찟 놀랐다. 빈오재에게 알려야 했다. 빈오재
의 빨판들을 붙들기가 무섭게 테이저건의 침들이 날
아왔다. 막은 깨졌고 아무런 보호 장치도 없이 슬은
바닥에 나동그라졌다. 바닥에 고여 있던 점액들도 온
데간데없이 사라졌다. 빈오재는 딱딱하게 굳은 채 눈
도 감지 못하고 바닥에 툭, 촉수를 떨궜다. 슬은 어딘
지 모를 곳에 떨어진 어린아이처럼 두려움에 떨었다.
손을 뻗어 빈오재의 굳은 촉수 끝을 간신히 잡은 채
슬이 바라본 곳에는 협력사원 이민환이 서 있었다.
직원용 화장실을 안내해줄 때와 똑같은 조끼를 입고
덜덜 떨면서 쉼 없이 눈물을 흘리고 있었다. 그는 빈
오재의 샛노란 눈에서 눈을 떼지 못하고 바닥에 풀썩
주저앉았다.

"내가, 내가 들어오기 싫다고 그랬는데… 재계약
얼마 안 남았다고, 다시 계약 따야 된다더니… 이
게…."

이민환은 테이저건을 손에 든 채 얼굴을 감싸 안
았다. 노인은 힘이 빠진 이민환의 손에서 테이저건을

빼앗았다. 그러더니 이미 굳어버린 빈오재를 향해 다시 당겼다. 빈오재는 노란 눈을 커다랗게 깜빡이더니 노인과 이민환을 향해 강력한 에너지를 뿜어낸 후 순식간에 모습을 감췄다. 빈오재가 있었던 자리엔 그저 구멍만이 입을 벌리고 있을 뿐이었다. 이민환은 빈오재의 에너지를 온몸으로 맞고 자신의 얼굴을 거칠게 주먹으로 때리기 시작했다. 노인은 이민환의 양손을 꽉 붙들었다.

"봤나?"

이민환은 생전 들어보지 못한 언어로 절규하기 시작했다. 절규하는 와중에 종종 인간의 말이 뒤섞였다.

"저주… 멸망… 싫어… 나는 그냥… 들어가서 제압… 왜 나를… 방학… 집… 끝장… 엄마… 싫어…"

알아들을 수 없는 말과 알아들을 수 있는 말을 뒤섞어서 허공에 떠들어대는 이민환을 보고 노인은 고개를 흔들었다. 고개를 흔들더니만 비릿하게 웃음을 흘리며 울기 시작했다.

"너도 똑같아. 너도 나랑 같이 이제 지옥 길만 걷게

되었다. 내 자아도 끝장이야. 너는 나이도 어리고 방어막도 없으니 더 빨리 끝났겠지. 하지만 나도 이제 끝났어. 이젠 빈오재가 돌아오지 못하게 막는 것만이 그나마 남은 목숨이라도 부지할 길이다. 하지만 이제 내가… 어떻게 살아갈진….”

노인은 이민환의 몸을 붙잡고 같이 울어댔다. 슬의 머릿속에는 사라지기 전에 남긴 빈오재의 메시지가 빙글빙글 돌았다. 짐승과 저승의 말을 하던 이민환은 바닥에 고꾸라져 기괴하게 몸을 뒤틀어댔다. 노인은 자신의 뺨을 한 대 거세게 후려치고는 빈오재가 사라진 자리를 더듬다가 시멘트를 가져와서는 아무렇게나 부어대기 시작했다.

“이젠 안 돼. 또 실패했으니 넌 끝이야. 다시는 돌아오지 못하게 바닥을 첩첩이 묻어버려야 돼.”

시멘트를 그렇게 함부로 부어선 안 된다고 입을 열려고 했지만 기운이 전혀 없었다. 슬은 그저 바닥에 쓰러진 채 광분한 노인이 공간을 휘젓고 다니는 것을 가만히 보고만 있었다. 머리에서 피를 흘리며 쓰러졌던 다한도 다시 일어나 멍한 눈으로 빈오재가 사라진 자리를 바라보았다.

다한의 입에서 통한의 울음이 터져 나오기 시작했다. 다한은 빈오재가 사라진 자리에 다리를 끌며 기어가 바닥을 긁어대기 시작했다. 시멘트가 다시 파헤쳐졌고 노인은 다급하게 다한에게 발길질을 했다. 다한은 발길질에 멈추지 않고 다시 시멘트를 향해 손을 뻗었다. 노인의 폭력에도 다한의 손길은 갈급했다.

"어떻게 또 이럴 수가 있어. 어떻게, 그 긴 시간을 참고 견뎌왔는데, 어떻게 이럴 수가 있어."

다한의 목소리엔 빈오재의 목소리가 덧씌워졌다. 다한은 몸서리를 치더니만 시멘트가 묻은 손으로 거칠게 노인의 뺨을 때렸다. 뺨을 맞은 노인은 휙 날아가서 기둥께에 처박혔다.

"오줌을 쌀 때마다 피를 흘리고, 몸속의 공간들을 하나씩 잃어버리고, 방글방글 웃느라 그 자리에 선 돌덩이가 되어서 인간이 아닌 몸으로 부서져간 세월이 얼만데, 어떻게 또 이럴 수가 있어."

목소리 끝에 핏물이 배어났다. 핏물이 보이진 않지만 냄새로 느낌으로 알 수 있었다. 원한에 가득한 소리가 뼛속까지 스며들었다. 등줄기에 소름이 끼쳐 손이 떨렸다. 노인을 때리고 나서 다한은 혼자서 양손으로 시멘트를 퍼내기 시작했다. 분명 저 힘은 다한만의 힘이 아니었다. 시멘트를 퍼내는 속도도 달랐다. 슬은 맨 처음 마주쳤을 때 도저히 그 나이라고는 믿을 수 없는 속도로 달려오던 노인의 모습을 떠올렸다. 이유도 알 수 없이 노인이 섬뜩해서 도망치기 시작했던 그때 그 감정도 떠올랐다. 저주를 받은 김개봉, 김개봉에게서 세상의 바닥을 볼 수 있는 눈을 전수받은 김원식, 빠른 속도와 빈오재의 힘⋯. 빈오재에게 자신에게 깃들어달라고 요청하던 김원식⋯. 슬은 힘이 하나도 없었지만 손을 앞으로 내밀어보았다. 그리고 조금 빨리, 더 빨리. 속도는 점점 더 빨라졌다. 빈오재의 힘은 슬에게도 깃들어 있었다.

그 사이 노인은 쇠 지렛대를 다시 들고, 시멘트를 퍼내는 다한의 머리통을 날려버렸다. 처음 다한의 머리통을 후려쳤을 때와는 완전히 달랐다. 이번엔 쇠 지렛대의 날카로운 쪽이 다한의 관자놀이를 정확하게 파고들었다. 다한은 입을 크게 벌리고는 숨을 한

번 들이켜더니 옆으로 천천히 쓰러졌다. 피가 푹 솟아올랐다. 크게 떠진 다한의 눈은 그대로 빛을 잃어버렸다. 힘이 없는 다한을 발로 떠밀어내고서 흩어진 시멘트를 다시 모아 바닥에 처넣다가 노인은 울기 시작했다. 어린아이처럼 주저앉아 울었다. 다한의 머리에서 흘러내린 피가 구멍으로 거침없이 흘러내려갔다.

"글렀어. 이제 다 글렀다고. 나도 미칠 거야. 우리 아빠처럼 묶여 살다가 정신병원에서 입이 막혀 죽게 되겠지."

멍하니 노인을 바라보는 슬과 눈이 마주치자 노인은 더욱 서럽게 울부짖었다.

"우리 아버지가 뭘 봤는지 아나? 우리 아버지는 매일같이 보았지. 정신병원에서 아버지가 쫓겨난 것도, 매일같이 보는 것을 매일같이 말할 수밖에 없었기 때문이야. 아버지는 방에 갇혀 있는 동안에도 그것을 보았고 논 위에서도 그것을 보았어. 하지만 정말 무서운 건 우리 어머니의 보지 속에서 가장 명확한 형태로 보았다고 했지. 아버지의 입은 더럽고 원한 깊은 불구덩이었어. 아무도 그 말을 듣고 싶어 하지 않 았기 때문에, 아버지는 늘 입이 막혀 있었지. 오직 나 만이, 어린 나만이 때로 아버지의 입을 해방하고 그 불구덩이 속에서 세상을 보는 눈을 찾았다. 아버지는 매일 차라리 죽었으면 했지만, 죽고 나서 마주할 빈 오재의 세계 때문에 죽음을 선택할 수도 없었다. 나 는 아버지의 세계를 반 정도만 공유했기에 어떻게든 지금까지 정신을 차려왔지만 이젠 끝이야. 아버지의 세계를 알게 된 이상 빈오재에게서 멀어질 수도 없었 다. 오로지 빈오재의 세계 안에 들어가는 것만이 내 가, 내가 두려워하는 '그것'에서 멀어질 길이었는데."

노인은 흐느끼며 슬에게 다가왔다. 슬은 움직일 수 있는 가장 빠른 속도로 손을 뻗었지만 노인은 그 손 을 움켜쥐었다. 그리고 슬의 귓가에 천천히 속삭였 다. '그것'을. 슬은 아득하게 들리는 비명 소리를 감각 하며 끝내 실신하고 말았다.

슬이 경찰에게 구조된 건 그로부터 이틀이나 지난 다음이었다. 경찰은 정신적 문제가 있는 김원식 씨의 스토킹으로 사건을 처리했고, 슬은 제대로 된 기억이

거의 없다고 대답했다.

공사는 슬 대신 다른 책임자가 맡아서 그냥 바닥을 깊이 내리는 형태로 진행했다. 새세계 백화점은 어째서인지 아무런 보상도 요구하지 않았다. 슬은 문제가 처리되는 동안 병가를 냈다. 슬은 완전한 피해자였다. 김원식 씨가 자신의 예언을 충직하게 지켰다는 이야기는 경찰서에서 전해 들었다. 처음 슬을 부축하고 진술을 들었던 경찰관이 전달해줬다.

"제대로 된 말을 거의 못 한대요. 입만 열면… 너무 끔찍한 얘기를 해서 병원에서도 재갈을 물렸다고 하더라고요. 그 보안 요원 청년은 그 자리에서 테이저건을 자기한테 쐈는데 즉사했대요. 테이저건을 대체 어디서 구했는지 모르겠어요. 보안업체에서도 새세계 백화점에서도 모른다고 하던데."

착잡한 표정으로 김원식과 이민환의 얘기를 전해준 경찰은 말해놓고서 도리어 자신이 약간 놀란 표정을 지었다. 조금 후회하는 빛도 얼굴에 스쳐 지나갔다.

"미안해요. 별로 듣고 싶지 않았을 것 같은데."

＊

슬은 웃으며 고개를 저었다. 가방을 열었다가 어제 친구들을 만났을 때 다 못 뿌리고 약간 남은 청첩장을 보았다. 청첩장을 한 부 꺼내서 경찰에게 건넸다.

"경찰관님, 그동안 고생 너무 많으셨어요. 경찰관님은 축의금 안 내셔도 되니까 시간 나시면 와서 뷔페라도 드시고 가세요."

"아, 결혼하세요? 세상에, 축하드려요."

슬은 수줍게 고개를 숙였다. 허벅지가 조금 간지러웠다.

숍 앞 주차 공간에 차를 대자마자 준규는 빠르게 차에서 내렸다. 슬이 안전벨트를 푸는 사이에 벌써 준규는 슬의 차 문을 열고 있었다. 요즘 준규는 유난히 더 기분이 좋아 보였다. 좋은 일이지, 이렇게 나랑 결혼하고 싶어 하는 남자랑 결혼한다는 게. 슬은 준규가 열어주는 대로 차에서 내렸다.

슬이 마음속으로 골라둔 드레스는 촬영용 네 벌, 본식용 하나였다. 벌써 청첩장도 다 뿌렸고 최대한 빨리 진행해야 하는 상황이었다. 그래서인지 기분이 좋은 것과 별개로 준규는 마음도 급해 보였다. 급하게 숍 문을 열더니만 자기 이름도 아니고 슬의 이름을 크게 외쳤다. 결혼식의 주인공은 신부라고들 하던데 그래서 그런 건지 모든 예약도 슬의 이름으로 진행되고 있었다.

"신부님이 원하는 스타일이 제일 중요하죠. 지금 보니까 신부님은 어깨선이 예뻐서 어깨가 드러나는 벨 라인 드레스도 예쁘실 거 같고요, 날씬하신 편이라 이런 머메이드 라인도 어울리실 거예요."

준규는 머메이드 라인 드레스를 들고 슬에게 다가왔다.

"이거 입으면 완전 연예인 같겠다. 이거 한번 입어 보면 안 돼?"

"조금만 더 보고. 나는 이렇게 몸매 다 드러나는 건 좀 부담스러운데."

"그래도 인생에 한 번이잖아. 이런 거 입으면 진짜 멋있을 거 같은데."

슬은 준규의 눈을 피했다. 준규 대신 숍 직원에게 말을 건넸다.

"바닥에 안 끌리는 드레스는 없을까요?"

"아, 스냅도 찍으셔야 되니깐."

"본식에는 발목 보이는 드레스, 잘 안 입어요?"

"본식에는… 그래도 좀 길고 우아한… 그런 드레스를 선호들 하시죠. 아까 신랑 분께서 고르신 거 같은 거요. 스냅이나 스튜디오 찍으실 때는 발목 드레스도 많이 입어요. 발목 보이는 드레스는 이쪽인데 한번 보시겠어요?"

슬은 목소리를 조금 낮춰서 준규에게 말했다.

"나는 본식에 혼자 걸을 수 있는 드레스를 입고 싶은데."

"아, 그래? 근데… 모르겠네. 친척들도 괜찮을까?"

"친척들?"

"어, 나는 뭐… 네가 좋으면 괜찮은데. 괜히 말 나올까 봐 걱정돼서 그렇지."

"그래…."

슬은 드레스를 만지작거리며 잠깐 회사 생각을 했다. 새세계 백화점 사건 이후, 김원식 씨와 관련해서 슬 탓을 한 사람은 아무도 없었다. 어쩌다가 미친 노인에게 걸려서 된통 고생을 한 가엾은 슬을 모두가 위로하고 걱정했다. 슬은 팀장직을 잃지는 않았지만 중요한 거래들이 슬을 비껴간다는 생각을 문득 했다. 새세계 백화점 거래 이후, 팀원이 두 명째 퇴사를 했다. 한 명은 새세계 백화점 사건 직후에 퇴사했다. 그는 다른 팀으로 전보를 내달라고 요청했지만 거부당했다고 들었다. 소문은 삽시간에 퍼졌다. 소문을 전해준 이는 슬에게 너무 신경 쓰지 말라고 했지만 슬은 그가 왜 소문을 전해줬는지도 알고 있었다. 슬이 결혼 소식을 전하자 너나없이 진심으로 축하해준 것도 무엇 때문인지 뻔했다. 슬의 팀원들도 슬의 결혼을 진심으로 기뻐했다. 정다한의 상사였던 윤성희는 그 자리를 잘 지키고 있을지 문득 슬은 궁금해졌다.

발목이 보이는 드레스 하나와 머메이드 드레스 하나를 들고 슬은 탈의실로 들어갔다. 옷을 벗어 걸어놓으면서 이 장면이야말로 모든 영화와 드라마에 늘 나오는 장면이라는 걸 생각했다. 아름다운 웨딩드레스를 입으면 남편 될 사람은 일어나서 박수를 치고 신부의 놀라운 아름다움에 대해 칭송하지. 로맨스가 들어 있는 모든 영화에는 반드시 나오는 장면이다.

이전에는 미운 오리 새끼였다가 환한 조명 아래서 백조처럼 아름다운 날개를 뻗는 히로인. 그녀를 지키는 히어로는 꿈결 같은 변신에 환호한다. 물론 그가 사랑하는 것은 그녀의 내면이지만, 꿈결 같은 변신은 언제나 필요하다. 그날 이후 슬은 그런 로맨틱한 장면을 볼 때마다 다한의 파리한 얼굴을 느꼈다. 다한의 그 핼쑥한 얼굴이 이제는 슬의 몸속에 함께 살아가고 있다는 걸 잘 알고 있었다.

바지를 벗자 예의 '그것'이 변함없이 고개를 내밀었다. 간지럽다고 생각할 때부터 이것 때문인 줄은 알았는데. 보지 냄새가 훅 끼쳐 올라왔다. 슬은 얼굴을 찌푸리는 대신 '그것'을 살짝 눌렀다. 오늘따라 괜히 저항이 심해서 들어갈 생각을 하지 않았다. 슬은 빙그레 미소를 지으며 드레스를 위에서부터 덮어썼다. 먼저 손에 잡힌 건 준규가 고른 머메이드 드레스였다. 허리 쪽이 타이트하게 붙는 걸 느끼고서야 알았다. 정신이 없구만. 바깥에서 직원의 목소리가 들려왔다.

"신부님, 지퍼 올리는 거 도와드릴까요?"

✳

슬은 살짝 탈의실 커튼을 젖혔다. 직원이 얼른 들어와서 슬의 몸 여기저기를 만져서 살을 정돈하고 지퍼를 올렸다. 손목에 꽂은 여러 핀들로 허리춤에 있는 라인을 정리하더니 너무 예쁘다고 감탄을 하기 시작했다. 직원의 얼굴엔 아무런 거짓 없이 환한 미소가 자리해 있었다. 거짓 없이 환한 미소. 자주 본 얼굴이었다. 오늘 하루만 해도 처음 보는 이들의 얼굴 위에서 세 번 이상 본 것 같은 미소. 슬 역시 같이 미소 지었다.

커튼을 젖히고 나가자 마치 기다렸다는 듯 준규가 감탄을 쏟아냈다. 준규는 언제나처럼 예의 바르고 다정했다.

"와… 나 진짜 말이 안 나온다. 너무 예쁘다. 네가 이거 입고 들어오는 거 생각하니까 벌써 설렌다."

준규는 꿈꾸는 것 같은 표정으로 슬의 허리를 살짝 만지더니 행복하게 웃었다. 아까보다 조금 더 허벅지 안쪽이 간지러웠다. 슬은 드레스 위로 슬그머니 다시 사타구니를 더듬었다. 이번엔 드레스 위로도 만져질 만큼 뚜렷하게 솟아올라 있었다. 동그랗게 솟아오른,

빨판. 드레스 천 자락을 빨판 위에 가져다 대자 빨판은 기쁜 듯이 드레스를 빨아들였다. 안 돼, 지금 이렇게 튀어나오면. 이렇게 떼쓰면 못 써. 마음속으로 빨판을 달래며 좀 더 세게 꾹 눌렀더니 빨판은 자취를 감췄다.

"왜, 어디 불편해?"

걱정스러운 준규의 표정을 보며 슬은 고개를 저었다. 준규의 휴대폰 위에는 카톡 창이 올라와 있었고 슬은 이제 그 카톡 창이 하나도 궁금하지 않았다. 슬의 몸 밖으로 나오는 대신, 빨판들이 슬의 몸 여기저기 안쪽을 꾹꾹 빨아들였다. 기묘한 감각 속에 평온한 고통이 있었다. 슬은 저도 모르게 준규의 사타구니를 바라보았다. 이건 슬의 의지가 아니라 명백하게 빨판들의 의지였다. 빨판들은 배가 고픈 모양인지 온갖 종류의 고통스러운 기억들을 슬에게 전달해왔다. 슬은 가만히 빨판들을 달랬다. 조금만, 조금만 기다리자. 고통들을 포근하게 느끼면서 슬은 두 번째 드레스를 갈아입기 위해 탈의실로 들어갔다. 아마 준규는 두 번째 드레스에는 그렇게까지 큰 환호를 하진

✳

않을 것이다.

지퍼를 내리면서 슬은 나지막하게 중얼거렸다.

"걱정 마시고 조금만 기다리세요, 빈오재시여. 제 몸속에 온전하게 곧 담을 것입니다. 돌아올 멸망을."

슬의 보지 속에서 빈오재의 빨판이 허연 농을 훅 뿜어냈다.

작가의 말

\*

　작년 여름, 오사카의 카이유칸에서 점액질의 신체
를 드러낸 해양 생물들을 보았습니다. 인간이 역사적
으로 상상해왔던 '괴물'의 모습은 거기에 다 있더라고
요.

　러브크래프트는 호러 서사의 오랜 영감입니다. 인
간보다 우등한 지적 생명체들은 오징어나 낙지처럼
촉수를 뻗어오고, 인간들은 자신의 하잘것없음을 뼈
저리게 느끼며 하릴없이 절망하고 패배하지요. 인간
이 제 나름대로 지식이랍시고 쌓아온 것들은 그레이

\*

트 올드 원 앞에서 아무짝에도 쓸모가 없습니다.

메리 셸리는 《프랑켄슈타인》에서 크리쳐의 외모를 점액질의 신체 내부가 드러난 존재로 묘사했습니다. 흘러내릴 것 같은 안구, 끈적이는 피부. 혐오감은 위협감에서 옵니다. 점액질이 드러난 존재는 높은 확률로 '오염되었고' '안전하지 않'습니다. 2020년을 여는 팬데믹이 되어버린 코로나-19도 점액을 통해 옮잖아요. 그리고 러브크래프트의 대표적인 크리쳐, '크툴루'는 점액질의 피부가 훤히 드러난 두족류의 생김새를 하고 있습니다.

'보징어 냄새'를 말하는 사람들은 혐오합니다. 저는 혐오라는 감정이 보면 볼수록 신기하더라고요. 혐오는 두려움에서 태어나지만 두려움은 매혹을 포함합니다. 어릴 적에 거울을 가져다놓고 보지를 들여다본 적이 있습니다. 점액질의 우굴쭈굴한 모습이 기괴해서 마음속에 혐오와 매료가 동시에 생기더군요. 러브크래프트의 소설 속에서 여자들은 '멍청하게도' 자

✻

작가의 말

꾸 그레이트 올드 원을 인간의 세계로 끌고 옵니다. 그에 반해 한반도의 수많은 공포 서사에서 여자들은 '한이 맺혀서' 인간의 세계를 파멸시키려 합니다.

　혐오의 뒤편을 들여다보니 형태 자체는 비슷한 이야기가 되었는지도 모르겠어요. 먼저 읽어본 친구들이 공포 소설보다는 신나는 모험 소설처럼 읽어줘서 기뻤습니다. 빈오재는 많이들 짐작하겠지만 애너그램입니다. 뻔한 애너그램이지만 맞춰주시면 작가로서 기쁠 거예요.

✳

**P LC.RC**

**Project
Lovecraft.
Recreate**

---

**낮은 곳으로 임하소서**

1판 1쇄 찍음 2020년 5월 18일
1판 1쇄 펴냄 2020년 5월 30일

**지은이** 이서영
**펴낸이** 안지미
**기획** 이수현
**편집** 유승재
**교정** 박소현
**디자인** 안지미 이은주
**제작처** 공간

**펴낸곳** (주)알마
**출판등록** 2006년 6월 22일 제2013-000266호
**주소** 03990 서울시 마포구 연남로 1길 8, 4~5층
**전화** 02.324.3800 판매 02.324.2846 편집
**전송** 02.324.1144

**전자우편** alma@almabook.com
**페이스북** /almabooks
**트위터** @alma_books
**인스타그램** @alma_books

**ISBN** 979-11-5992-300-5 04800
**ISBN** 979-11-5992-246-6 (세트)

이 도서의 국립중앙도서관 출판예정도서목록CIP은 서지정보유통지원시스템 홈페이지http://seoji.nl.go.kr와 국가자료종합목록 구축시스템http://kolis-net.nl.go.kr에서 이용하실 수 있습니다. CIP제어번호: CIP2020014743

**알마**는 아이쿱생협과 더불어 협동조합의 가치를 실천하는 출판사입니다.

---

종이 표지_스노우화이트 250g/$m^2$ 본문_그린라이트 100g/$m^2$

오마주와 전복으로 다시 창조하는
H. P. 러브크래프트의 세계

●●●●●●●●●●●●●●●●●●●●●●●●●●●●●●●●●●●●●●●●●●●

## Project LC.RC